Heinrich Mann

Novellen und Erzählungen
Band 1

Bibliografische Information der Deutschen Nationalbibliothek:
Die Deutsche Nationalbibliothek verzeichnet diese Publikation in der Deutschen Nationalbibliografie; detaillierte bibliografische Daten sind im Internet
über http://dnb.dnb.de abrufbar.

Herstellung und Verlag: BoD – Books on Demand, Norderstedt

ISBN: 978-3-7534-0864-4

Inhaltsverzeichnis

Das Wunderbare

Im vorigen Spätsommer berührte ich auf einer Reise die kleine Stadt N. Es war meine erste Rückkehr dorthin, seit ich das Gymnasium der Stadt verlassen hatte, und ich war dort fremd geworden. Von meinen ehemaligen Schulfreunden lebte niemand mehr in N. als Siegmund Rohde, der, soviel ich wußte, Rechtsanwalt und Stadtrat war. Ich hatte ihn gut gekannt. Wir waren durch all das Gemeinsame verbunden gewesen, das gewöhnlich die Schulfreundschaften knüpft. Wir zeichneten uns, als gefällige Rivalen, in den gleichen Fächern aus, besaßen dieselben literarischen Neigungen, spürten bei unsern Lehrern dieselben Lächerlichkeiten auf. Vor allem liebten wir die Kunst mit gleicher Leidenschaft und Ausschließlichkeit. Wenn wir von ihr sprachen, so fühlte jeder sein bestes Feuer aus dem Geiste des anderen noch glänzender und wärmer zurückstrahlen. Wir ermutigten und bewunderten uns gegenseitig. Niemals ließen wir den Gedanken zu, daß einer von uns sich je einer anderen Tätigkeit widmen könne als der Kunst. Siegmund sah den lebenslänglichen »Dienst des Ideals« als etwas Selbstverständliches an, das durch keine fremden Einflüsse beeinträchtigt werden könne. Was mich selbst betrifft, so scheint es mir, daß ich zuweilen ein wenig skeptischer war.

Als ich sodann das Gymnasium mit der Akademie vertauschte, bezog er die Universität, um die Rechte zu studieren; »vorläufig«, wie er sagte, da er seinen Vater doch ganz sicher noch für seine eigentlichen Pläne zu gewinnen hoffte. Wir hatten sodann in vielen Jahren nur das Allgemeinste voneinander gehört, und nun sollte ich ihn in dem alten Kreise wiedersehen, wo er am Ende doch seine dauernden Lebensaufgaben gefunden hatte, und wo er wahrscheinlich sein Leben beschließen würde. Ich gestehe, daß ich nicht ohne Voreingenommenheit war. Denn wenn ich an den sinnenden Knaben von damals, mit den halblangen Haaren, den weichen, etwas mädchenhaften Bewegungen dachte, fragte ich mich, wie sehr er sich von innen und außen verändert haben müsse, um den Platz im

Leben auszufüllen, den er innehatte als kleinstädtischer Rechtsanwalt und Stadtverordneter. Natürlich würde er breit und
stark von Körper, und von Geist verhältnismäßig magerer geworden sein. Zum Überfluß hatte ich vernommen, daß er ver-
heiratet sei, und sofort hatte ich mir seine Frau als eine der alltäglichen Provinzdamen vorgestellt, die selbst den geistig ehr-
geizigen Mann allmählich und sicher in ihre eigene Sphäre her-
abziehen. Die unablässigen kleinen Sorgen für die Familie, für
die Wesen, die er um sich her geschaffen und die einen Teil
seines Lebens ausmachten, hatten ihn wohl seit langem verhin-
dert, das innere Ich zu beschäftigen und zu bilden, von dessen
Pflege ich meinerseits niemals eine ernstliche Abhaltung erfahren hatte. Wie sehr er mir also entfremdet sein mußte, hieß
mich doch eine gewisse schmerzliche und sicher auch eitle
Neugier, die Gelegenheit nicht vorübergehen zu lassen, um
auch in diesem Falle die Veränderungen mit Augen zu sehen,
die das Leben uns bei jeder Rückkehr vorbehält.

Als ich dann im Grunde eines parkähnlichen Gartens vor
dem Tore der Stadt das freundliche weiße Haus betrat, das er
bewohnte, fand ich mich angenehm enttäuscht. Die ursprüng-
liche Einrichtung des geräumigen Salons, in den man mich
führte, war offenbar von dem Möbelmagazin der kleinen Stadt
geliefert, aber hier und da zeigte sich, von einem feineren Ge-
schmack hinzugefügt, ein Schmuckgegenstand, ein Kunstwerk,
Einzelheiten, die wiederholte Reisen und einen oft unterbro-
chenen, nie ganz aufgegebenen Zusammenhang mit den Strö-
mungen einer höheren Kultur bezeugten.

Die Gattin meines Freundes trat ein und ich bemerkte
gleich, das Zimmer paßte auf sie. Ihr Anzug entbehrte nicht
eines gewissen persönlichen Geschmacks. Die sympathisch ru-
higen Züge ihres Gesichtes wurden von einer anmutigen Frisur
zur Geltung gebracht. Die graziöse Gelassenheit ihrer Bewegungen vermochte die Gewohnheit des raschen Umherwirt-
schaftens nicht ganz zu verbergen. Ihre Unterhaltung war von
angenehmer Zwanglosigkeit, ohne besonders fesselnd zu sein.
Sie rief ihre beiden Knaben herein, hübsche, frische Jungen,
von denen der jüngere lebhaft an meinen Jugendfreund erinnerte. Ich war inzwischen wirklich begierig geworden, Rohde

selbst wiederzusehen. Er wurde erst in einer halben Stunde aus dem Büro zurückerwartet.

Es dunkelte schon, als man von weitem die Gartenpforte knarren hörte. Ich sah einen hochgewachsenen breiten Mann, dessen stark verwischte Taillenlinie den Körper dennoch nicht formlos erscheinen ließ, durch die Kieswege herbeikommen. Er ging elastischen, selbstbewußten Schrittes. Hier und da blieb er stehen und neigte sich prüfend über einen Rosenstrauch.

Wir begrüßten uns sehr herzlich, ohne daß er überrascht gewesen wäre, mich so plötzlich ankommen zu sehen. Er war, wie er sagte, selbst an häufige und unerwartete Ortsveränderungen gewöhnt. Auch fragte er nicht viel. Er schien das unruhige Leben, aus dem ich kam, zu kennen, den Dingen, die mich beschäftigten, keineswegs fremd geworden zu sein. Er sprach, während wir mit der Familie zu Tische saßen, über die Entwicklung der Kunst, über die neue Richtung der Geister. Seine Beobachtungen waren scharf und klug, ohne das Unbestimmte, Nebelhafte, das denen des Jünglings angehaftet hatte, doch auch ohne Begeisterung. Er drückte mit Wärme seine Liebhabereien auf dem Gebiete der Ideen und Formen aus, allein das nahm sich in seinem Munde wie die Gegenstände einer allenfalls entbehrlichen Muße aus. Die Hauptsache mochte dagegen der Bau des kleinen Kanals sein, den die Stadt beabsichtigte, und die anderen kommunalen und öffentlichen Angelegenheiten, denen er sich zuwandte.

Seine Gattin mischte sich diskret ins Gespräch. Sie wußte ihm den Übergang zu einem Lieblingsthema zu vermitteln, und ihm, wenn er sprach, Aufmerksamkeit zu erweisen. Sie schien ergeben und voll Bewunderung für den Mann.

Die Knaben wurden entlassen, nachdem wir uns erhoben hatten. Als sie ihren Gatten nach einer Weile unsere gemeinsamen Erinnerungen berühren hörte, zog auch die Frau sich bald zurück.

Wir saßen in einer offenen Veranda. Die weiche Luft der Sommernacht zog herein, durchsättigt von dem starken, aus vielen Düften zusammengeflossenen Atem des Gartens. Das Mondlicht, dem ein ganz leichter Nebel seine Kälte nahm, umspielte die Wipfel der alten Bäume, ließ eine Seite der Allee zauberhaft erglänzen, um die andere in desto tieferes Dunkel zu stürzen. Die harten Unterschiede von Licht und Schatten gaben dem Garten eine ungeahnte Ausdehnung. Er senkte sich langsam, bis weithin, in der Tiefe, ein weißes Stückchen Mauer inmitten des dunklen Laubwerks aufleuchtete.

Wir lehnten uns in den Schatten hoher, kühl hauchender Blattpflanzen. Keine Blume war hier zu sehen, außer einer bescheidenen mattgefärbten Winde, die sich durch einen der offenen Bogen schlang. Und diese duftlose Blüte schien alle die unendlichen schweren Düfte von draußen mitzubringen.

Die Art, wie ich die Lebensverhältnisse meines Freundes bei meiner Ankunft ins Auge gefaßt, hatte sich im Laufe des Abends beträchtlich geändert. Mir schien es, daß wir andern, mitten in den Bewegungen der Zeit Stehenden, kaum etwas vor ihm voraus hatten, der das Beste, was es dort draußen gab, aufmerksamen Geistes sammelte, um es hier in seinem Winkel fortzupflanzen. Es drängte mich, etwas Ähnliches auszusprechen.

»Ich beglückwünsche dich zu deinem Familienleben. Du mußt glücklich sein?«

»Ich habe es nicht schlecht getroffen.«

»Dein Jüngster ist ganz dein Bild, wie ich es kannte.«

»Er erinnert mich oft an unsere Jugend.«

»Du selbst erinnerst mich daran. Denn in deiner vorteilhaften bürgerlichen Stellung bist du doch ein wenig der Künstler von damals geblieben – nur daß du nicht mehr, wie wir damals taten, die Ideale im Munde führst.«

Er lächelte zurückhaltend.

»Man muß das Wunderbare nicht zum Alltäglichen machen.«

»Das Wunderbare?«

»So nenne ich es für mich. Ich meine das, was man nicht kennt und woran man nicht glaubt in der bürgerlichen Gewöhnlichkeit, in der man alles genau kennt und weiß. Ich meine das Ferne, Sinnlose, ganz Unmögliche, bloß Geträumte, dessen man sich, auch wenn man es erlebt hat, nur wie an einen Traum erinnert.«

Ich schwieg erstaunt über die verdeckte Erregung in seinen Worten und erwartungsvoll. Er war aufgestanden und vor den Fensterbogen getreten, durch den der Windenzweig hereinhing. Er hob ihn auf und fuhr fort:

»Die Blüte, an die ich denke, ähnelt dieser, nur ist sie noch soviel heller und zarter. Man wagt sie nicht zu berühren. Sie erträgt nur den Kuß eines reineren Lichtes. Sie windet sich, zahllos zwischen stillem Grün, im weiten Bogen über den blauen See. Am Ufer schlingt sie sich fort, den Fels hinan inmitten roter Büsche und umstrickt mit ihren blassen Armen droben das weiße Haus. Die Marmorterrassen leuchten unter dem straff gespannten Blau des Himmels, wie roter Edelstein flimmern die Granatblüten, der See erglänzt diamantklar. Aber mild und mäßigend legt sich über all die Helligkeit der Schleier der Blüten, deren Weiß einen Hauch aller Farben in sich trägt.«

Er hatte sich umgewandt und meinen immer mehr erstaunten Blick gewahrend, lächelte er.

»Ich phantasiere nicht und es ist keine Ideallandschaft, die ich beschreibe. Es ist ein Erlebnis.«

Ich bat:

»Erzähle.«

Er erzählte:

»Die Erfüllung meines jugendlichen Herzenswunsches war mir, wie du weißt, versagt worden. Ich entschädigte mich für die erste große Enttäuschung meines Lebens auf den Universitäten durch ungeregelte und wilde Genüsse. Mit vierundzwanzig Jahren endlich, als nicht mehr junger Student, sah ich meiner Tollheit durch einen tüchtigen Blutsturz ein Ende gemacht. Leidlich ausgeheilt ward ich noch für ein Jahr zur Pflege meiner Gesundheit nach dem Süden geschickt.

Der schlimme Winter, den ich überstanden hatte, ging zu Ende, allein ich genoß das wundervolle Erblühen des italienischen Frühlings nicht wie jemand, der es zum ersten Male erlebt. Mein Empfinden war sehr stumpf, meine Gedanken niedergeschlagen. Ich kam mir blasiert vor. Die tiefe Ernüchterung war bei mir eingetreten, die die ersten, banalen aber heftigen Erlebnisse im Jüngling zurücklassen. Man glaubt der ganzen Flachheit und der Lüge des Lebens auf den Grund zu

sehen und hofft nicht, irgendeinen verlorenen Glauben zu-
rückzuerhalten. Dazu kam die körperliche Mattigkeit der Ge-
nesung, die sich in einem gleichgültigen Hindämmern gefällt.

So konnte mich das hastige Treiben der Städte nicht fes-
seln. Das Fremdartige der Umgebung bemerkte ich kaum. Eine
Welt von Kunst zog undeutlich und eindruckslos an meiner
Seele vorüber. Wer mir gesagt hätte, daß mein erstes Zusammentreffen mit den ersehnten Meisterwerken so vor sich gehen
werde! Ich erinnere mich einmal, in einer Florentiner Kirche,
lange Zeit vor einem Bilde des Fra Angelico gestanden zu haben. Von dem Haupte der Madonna, das ganz leidende Anmut
war, floß ein weicher Glanz über die schüchternen Gestalten,
die zu ihr emporblickten. Am Ende ging ich, ohne die Neugier,
mehr zu sehen, hinaus. Ich taumelte ein wenig und glaube, daß
mir die Tränen nahe waren.

Trotz meiner Trägheit hatte ich, da alles mich unbefriedigt
ließ, unaufhörlich ein planloses Gefühl des Suchens. So reiste
ich in kleinen Strecken, stets nur wenige Tage an einem Orte
verweilend.

Zu Beginn des Sommers befand ich mich irgendwo im Ge-
birge und wußte kaum, wie ich dorthin gelangt war. Mein Quar-
tier hatte ich auf einer abgelegenen Höhe, in einer einsamen
Wirtschaft, mehr Bauernhof als Gasthaus. Doch blieb ich wenig daheim. Ich machte, langsam und ohne Absicht vor mich
hin gehend durch Gegenden, die ich nicht sah, Besuche in Ort-
schaften, die ich nicht einmal den Namen nach kennenlernte.
Fand ich mich dann gelegentlich wie durch Zufall wieder zum
Hause zurück, so war es mir eher unerwünscht. Es war, als
suchte ich etwas Fremdes, das ich ahnte und nicht fand.

Einmal hatte ich den gebahnten Weg verloren, im weiten
Pinienwald, der sich langsam, endlos erhob. Meine Teilnahms-
losigkeit ward durch das große Schweigen ringsumher besiegt,
das mich aufhorchen machte. Ich folgte gespannt der seltsamen Anziehung, die die unbekannte Ferne auf uns ausübt – bis
ich es lichter vor mir werden sah. Der Wald, der mich unablässig zur Höhe geführt hatte, lief am schroffen Felsrand aus.
Drunten sah ich, von dichtem Grün vielfach verdeckt, das Blau
eines Sees aufblinken. Viel weniger steil als die diesseitigen

Felsen, setzten drüben die ganz bewachsenen Berge, langsam und zögernd, ihren Fuß ins Wasser. An einer Stelle, wo sie weiter zurücktraten, schien ihnen ein Garten vorgelagert zu sein. Auf halber Bergeshöhe darüber bemerkte ich ein weißes, anscheinend im älteren Villenstil erbautes Haus. Es mochte nicht groß sein, doch leuchtete es vor einer dunklen Wand von Zypressen.

Das einsame Haus über dem See, am Rande des engen, verborgenen Tales, machte mich unruhig. Kein Murmeln des Wassers war zu hören, und diese heimliche, versunkene Stille ließ es wie Sehnsucht in mir aufdämmern. Ich lugte, von dem vorspringenden Felsen geneigt, hinab und meinte über dem warmen Grün die Luft zittern zu sehen. Es mußte dort drunten mildwarm und lauschig sein. Das Leben mußte dort langsamer und sanfter fließen. In Ahnungen verloren, spähte ich in dem engen Kreise der Berge nach einer Gelegenheit zum Abstieg. Ich entdeckte wohl eine leidlich schräge Senkung, vermochte sie aber, wie ich in den Wald zurück darauf zulaufen wollte, lange Zeit nicht zu finden. Der Weg war wie verzaubert. Endlich kam ich dann, nach einiger Gefahr und langem Klettern, unten an. Wie aus Scheu vor dem Geheimnis dieser Sommerstille zögerte da mein Fuß, das kleine Tal zu betreten. Nur die Bienen summten in der warm duftenden Luft. Dicht über dem Wasser, das nun in der Nähe kristallhell glänzte, auf dem schmalen, ganz mit Schlingpflanzen überwachsenen Pfade, der sich nahe an den Fels schmiegte, schlich ich ein Stückchen fort. Hier und da mußte ich mich bücken, um unter einem überhängenden Block hindurchzuschlüpfen. Verworrenes Gestrüpp zog sich das Ufer hinab und tauchte ins Wasser. An vielen Stellen wuchs Schilf hinein, und große weiße Rosen lagen davor inmitten der durchsichtig grünen Reflexe.

Bald war das Gestade ein wenig breiter. Ich hatte den See so weit umschritten, um zu bemerken, daß er sich in seiner Mitte noch mehr verengte. Die Vorsprünge, die das Ufer auf beiden Seiten bildeten, waren durch die zusammengewachsenen Kronen von Ulmen und Ölbäumen miteinander verbunden. So war ein dichtes, regelmäßiges Laubgewölbe entstanden. Hier bemerkte ich zum erstenmal die blasse Winde. Ich sah nun wohl, daß sie sich überall am Ufer hinzog, hier aber rankte sie sich, auf dem matten graugrünen Grunde des Olivenlaubes, in anmutigem Bogen über den See.

Während ich mit ganz versunkenem Blick dem Spiele des Laubschattens auf dem Glitzern des Wassers folgte, überkam mich die Begier, unter diesem lebenden Blütenkranze auf einem Kahne so fortzugleiten, als müßte dies das Tor zu einem seltsamen Lande sein, wohin es mich zog und von dem ich nichts wußte.

Langsam, den Kopf gesenkt, hatte ich meinen Weg fortgesetzt. Als ich wieder aufblickte, waren die Berge weit vom Ufer zurückgetreten. Ich stand vor dem Garten, der sich hinanzog bis zu der Höhe, wo das weiße Haus aus grüner Hülle hervorschimmerte. Von der Villa abwärts traten leuchtende Terrassenstufen aus dem Laubwerk hervor, das sie immer dichter umwölkte und in der Tiefe ganz verschlang. Denn die Vegetation des Gartens, an der Sonnenseite des windstillen, rings eingeschlossenen Tales, hatte sich mit fesselloser Üppigkeit entwickelt. Die Taxushecken waren verwildert, herüber und hinüber verschlang sich das gelbliche Laub der Limonen, das silbergraue der Oliven mit dem dunkleren der Granaten, mit dem schwärzlichen der Orangen. An Stellen, wo sich von einer früher vertieften Nische noch unbestimmte Umrisse abzeichneten, lauschten verwitterte Marmorbilder aus der grünen Wildnis: eine Flora im weiten blumenumsäumten Gewand, ein faltig grinsender Faun, spähend vorgeneigt. Inmitten einer kleinen Lichtung, halb untergetaucht im hohen, hellen Gras, aus dem Narzissen blickten, sammelte ein vielfach zerbrochenes, kunstvoll gemeißeltes Becken den dünnen, grünschillernden Strahl der Fontäne. Kaum, daß man sein Plätschern vernahm. Ein steinerner Knabe fing mit süßtraurigem Lächeln das versiegende Wasser in seiner Hand auf.

Ragende, uralte Zypressen säumten die Lichtung. Den Berg hinan aber machte das wildwuchernde Gebüsch, daß das Auge den Weg verlor. Nur die weiße Winde war da, um den Blick zu leiten. Vom Ufer kam sie her, sie überstieg die Taxusmauern und schwankte von Zweig zu Zweig. Sie machte Umwege, um den Brunnen zu umkränzen, die grauen Steinbilder mit ihren lebenden Blüten zu verjüngen. Aber dann fand sie immer wieder den Weg zu den Terrassen – und droben mochte sie in das Haus eintreten, das vielleicht niemand gesehen hatte als sie. Der schwermütige Reiz des Verwunschenen lag über allem, was ich zwischen den barocken Arabesken des verrosteten hohen Gatters erblickte. Nie hätte ich dies Gatter in seinen Angeln zu drehen gewagt.

Mich beschlich, je länger ich stand, das Gefühl von etwas Unheimlichem, als sollte sich eine Hand von rückwärts auf meine Schultern legen. Leicht zusammenschauernd wandte ich mich, und entdeckte glücklicherweise sogleich ein Zeichen menschlicher Nähe. Ein kleines, hellfarbig angestrichenes Boot lag, an einem schmalen Landungssteg befestigt, auf dem stillen Wasser. Mein Auge verfolgte sogleich die glänzende Fläche, die es durchziehen würde, um drüben im grünen Schatten unterzutauchen. Kaum widerstand ich der Versuchung, den Strick zu lösen. Wer verbot es mir, wer konnte sich hierher zurückgezogen haben? Vielleicht ein Mensch, den die Welt durch schlimme Erfahrungen zum Einsiedler gemacht hatte, vielleicht ein Kranker – wie ich. Wer es auch sein mochte, ich fühlte Sympathie für ihn. Indes ich hierüber sann, hatte ich den See bis dorthin umschritten, wo der Weg endete und das Wasser den schroffen Fels bespülte. Ein Plätzchen zum Ruhen suchend, gewahrte ich im Schilf einen schwarzen Körper. Aus dem wirr darüberhängenden Gebüsch vermochte ich einen flachen, ziemlich schweren Kahn herbeizuziehen. Er erwies sich als morsch und schlecht instand gehalten, aber wenigstens würde niemand mir seine Benutzung verwehren. So entleerte ich ihn, wie es ging, vom Wasser und vertraute mich den wankenden Brettern an.

Das war freilich nicht das gemächliche Gleiten, wie ich es mir vorgestellt hatte. Die unhandlichen kurzen Schaufeln verursachten klatschendes Geräusch, der Kahn bewegte sich wie widerwillig in kurzen Stößen vorwärts. Doch hatte ich es nicht weit. Bald war das Laubgewölbe erreicht, und ich fand das heimlichste Plätzchen in einer Bucht, die genau zur Aufnahme meines Bootes paßte. Da blieb ich sitzen, die Arme auf die Knie gestützt, vor mir das kleine grüne Reich, von dem ich

Besitz genommen hatte, ganz verborgen in tief über das Wasser geneigten Akazienbäumen, von deren weit offenen Blüten rosige Blätter auf mich tropften. Mitten in dem seltsamen Lande befand ich mich jetzt, zu dem ich hinabgeträumt hatte. In der großen Stille verspürte ich das Weben der Sommerluft. Im Wasser die Blätterschatten waren hier und da von einem weißlichen Schein erhellt, den von der Oberfläche des Baumgewölbes die Winde herabsandte. Allmählich erwachten dann die kleinen Geräusche des Lebens über den Wassern, die meine Ankunft eingeschüchtert hatte. Hinter mir begannen leis die Grillen zu zirpen, rote Käfer krochen über die Blätter hin und plumpsten ins Boot. Leichtes Gesumme schwirrte an meinem Ohr vorüber, und aus dem Wasser kam dann und wann ein verstohlenes Glucksen. In dem goldenen Sonnenstreif, der die Grenze meines grünen Reiches bildete, blitzten die blauen Lichter der Libellen und Falter hin und her.

Wie lange war ich so geblieben. Da glitt ein schlanker Schatten über jenen Sonnenstreif, zu mir herein. Hinter ihm tauchte der schmale Bug eines hellgestrichenen Bootes auf, und dann langsam, langsam erschienen die im Sonnenduft verschwimmenden Konturen einer Frauengestalt. Sie setzte noch einmal die Ruder an, und die leichten Falten des weißen Gewandes verrieten die weichen Bewegungen schlanker Arme, die reizende Neigung des zarten Körpers. Die Ruder schleiften lautlos über die Wasserfläche zurück. Sie hatte mich erblickt. Von dem breiten Strohhut hingen durchsichtige Spitzen tief herab und beschatteten ihre blasse Stirn und ihre weitoffenen ernsten Augen. Ich hatte mich weiter vorgebeugt und hielt ihren Blick aus, fast ohne ihn zu fühlen, als sei sie nur ein Traum. Und ich war kaum überrascht. Hatte ich doch, ohne es recht zu wissen, meinen Blütentraum fortgesponnen und See und Garten und Haus belebt, mit allem, was ich wünschen mochte, mit allem, was wir ahnen von Huld und Glück. Mir war nun, als hätte ohne sie hier kein Leben erstehen können. Sie war die Seele der Landschaft selbst. Ich hatte sie erwartet.

Der Kahn schwamm sacht weiter. Sie wäre so, eine holde Täuschung des Lichtes, an mir vorübergezogen, und ich würde sie nicht aufgehalten haben. Aber sie machte, in der Mitte der grünen Wölbung angelangt, eine unschlüssige Bewegung mit dem Ruder, wie zum Einlenken. Da fiel mir ein, es müsse ihr gewohnter Platz sein, den ich in Besitz genommen hatte. Schnell entschlossen sagte ich:

›Ich sehe, daß ich mich entschuldigen muß.‹

Sie wehrte mit ruhigem Kopfschütteln ab.

›Bleiben Sie doch‹, sagte sie mit gleichmütiger, leicht verschleierter Stimme. ›Auch für zwei Boote ist Raum genug da.‹

Und mit kurzen Ruderschlägen legte sie ihr kleines Schiff neben das meine.

Sie zog die Ruder ein, ordnete die Falten ihres Kleides; dann stützte sie einen Arm aufs Knie und legte das Kinn in die Hand: alles mit nachlässigen, gleitenden Bewegungen, als fühlte sie sich unbeobachtet. So blickte sie, über ihr Boot hinweg, ins Wasser, mit Augen, noch durchsonnt, aber seltsam still und unbeschäftigt. Sie hatte den Hut abgenommen und ich sah, daß ihr Haar, dessen schwerer Knoten sich ein wenig gelöst hatte, von glanzlosem Blond war. Es mußte sehr fein sein, denn über der mattweißen Stirn, von der es schlicht zurückgestrichen war, nahm man trotz seiner Dichtheit den Ansatz kaum wahr. Die freie rechte Hand ließ sie sorglos über den Rand des Kahnes herabhängen, und auf ihrer schneeigen Blässe, wie sie die Hitze bewirkt, zeichnete sich ein Gewebe feiner blauer Adern ab. Sie hatte einen eigentümlich kraftlosen Ausdruck, diese Hand, denselben, den auch ihr Profil zeigte, mit der leicht gewölbten Stirn, der geraden schmalen Nase und den leis geöffneten, zu roten Lippen.

Ich hatte Zeit, diese Bemerkungen zu machen. Sie schien meine Nachbarschaft vergessen zu haben. Und es ging, je länger ich sie an meiner Seite fühlte, ein Strom träumerischer, einlullender Empfindung von ihr aus. Unerwartet hob sie den Kopf und heftete sogleich den Blick auf mich. Sie hatte ein Heft bemerkt, das auf meinen Knien lag, und sie fragte:

›Zeichnen Sie hier?‹

›Ich habe nicht einmal den Versuch gemacht.‹

›Nicht wahr?‹

Sie beschrieb eine undeutliche Bewegung mit der Hand, die sofort wieder zurücksank. Zögernd, als suchte sie nach den Ausdrücken, sagte sie dann:

›Auch wenn ich es vermöchte, würde ich dies hier nicht wiedergeben mögen. Es bleibt dann nicht mehr ganz. Ich will es unzerlegt hinnehmen.‹

Dies ›Es‹, das sie mit keinem Wort bestimmte, klang mir in ihrem Munde rätselhaft und doch vertraut. Ich schwieg und lauschte ihrer Stimme, die in meinem Ohr noch nicht verklungen war. Endlich, um eine Bemerkung zu machen, fragte ich:

›Der See muß sehr tief sein?‹

Sie antwortete schnell:

›Oh! So tief!‹

Sie schien sich zu besinnen, bevor sie weitersprach:

›Niemand weiß, wie tief. Wollte man es erfahren, das wäre Entweihung. Wie schön, zu denken, daß man immerfort darin hinabsteigen würde, ohne einen Boden zu finden – unendlich.‹

Wir schwiegen wieder. Waren ihre Worte ungewöhnlich? Mich wunderten sie nicht.

Dann klangen in die tiefe Stille aus der Richtung der Villa sieben Glockenschläge, hell, hoch, aber verschleiert und ohne Nachhall. Und ich wußte plötzlich, daß ihre Stimme der einer gesprungenen Glocke glich.

Sie hatte die Ruder ergriffen. Während sie das leichte Boot in Bewegung setzte, sagte sie, mehr zu sich selbst als zu mir:

›Es ist schon wieder meine Zeit.‹

Ohne recht zu wissen warum, folgte ich ihr, wie sie sicher und lautlos dahinglitt. Mein plumper Kahn schwankte hin und her, die Schaufeln klatschten geräuschvoll und gaben mir eine Vorstellung ein, wie wenn der Körper einem Seelenfluge folgen wollte.

Bisher hatte ich nicht darauf geachtet, wie die Dämmerung begann. Nun sah ich, daß die Sonne, hinter dünnem graublauem Nebel, dicht über dem Bergrücken stand. Sie mußte dies enge Tal früh verlassen. Auch über dem See lag ein weißer Dunst, so leicht, daß das Licht hindurchschimmerte, und doch machte er es, trotz der Nähe der Ufer, schon ungewiß, an welcher Stelle der Fels die Oberfläche des Wassers berührte.

Meine Begleiterin hatte einen weichen gelben Schal faltig um Hals und Schultern gelegt, und ihr Kopf, den ich, darein geschmiegt, im halb verlorenen Profil erblickte, schien mir jetzt noch deutlicher den Ausdruck des Leidens zu tragen.

Da wir uns dem Platze, wo ich mein Boot gefunden hatte, ungefähr gegenüber befanden, dachte ich daran, mich zu verabschieden.

Sie hörte mich eine Wendung ausführen und wandte sich nach mir um.

›Wohin?‹ fragte sie. Da sie meine Absicht, zu landen, sah, sagte sie:

›An jener Seite werden Sie es bequemer haben.‹ Dann setzte sie die Fahrt fort, und ich folgte ihr.

Wir landeten am Stege unterhalb des Gartens. Beim Aussteigen bot ich ihr die Hand, und sie legte die ihre hinein, eine kühle Hand, deren Druck ich nicht fühlte. Dann standen wir am Ufer eine kurze Weile unschlüssig, jeder halb gegen den See gewandt, vielleicht in der Erwartung, daß der andere ein Wort sage. Endlich zog ich den Hut, und indes sie mir dankte, sah ich wieder, daß ihr Blick wie aus weiter Ferne zu mir kam und, wenn er auf mir ruhte, mich nicht zu sehen schien. Langsam wandte sie sich, und ich verfolgte mit seltsamer Spannung ihre Schritte. Sie hatte das Gatter zurückgeschoben, sie schritt über den dunkelnden Rasen dahin, ohne daß ich die Bewegung ihres Körpers wahrnahm. Sie entschwand weiter und weiter, sonst würde ich nicht daran gezweifelt haben, daß sie mit geschlossenen Füßen über einen Blumenteppich schwebe, auf dem ihr Schritt keine einzige Blüte geknickt zurücklasse.

Da blieb sie auf der Terrasse unvermutet stehen. Ich sah die Spitze des Marmorgeländers, an das sie sich lehnte, aus dem nebeligen Grün hervorschimmern und sah ihren Arm, der mir winkte. Und gleich darauf legte ich den Weg zurück, so wie ich sie hatte dahingehen sehen: halb im Traum.

Ein wenig unterhalb ihres Standpunktes blieb ich stehen, um zu vernehmen, was sie mir sagte. Ihre Stimme klang mühsam und wie erstickt von der Anstrengung des Steigens und von der schweren Abendluft.

›Sie kommen von drüben?‹ fragte sie mit einer Gebärde über den jenseitigen hohen Berg hinweg.

Ich bejahte.

›Und Sie wollen dorthin zurückkehren?‹

Ich antwortete nicht sogleich. Überrascht bemerkte ich zum erstenmal, daß ich mich bei hereinbrechender Nacht an einem fremden und einsamen Ort befand. Sie sprach, ohne meine Verlegenheit zu beachten, weiter.

›Sie würden sich nicht mehr zurückfinden. Es wird dunkel und der Weg ist beschwerlich. Kommen Sie doch.‹

Ohne meine Antwort abzuwarten, setzte sie ihren Weg fort, und als verstiege ich mich in endlose Höhen, ging ich der weißen Gestalt nach, die hier und da zwischen den Windungen des dunklen Grüns auftauchte. Ganz plötzlich trat an einer Biegung das Haus zwischen schwarzen Zypressen schimmernd hervor. An Statuen vorbei, die im unsichern Licht flimmerten, schritten wir durch ein einfaches Portal, eine breite, matt erhellte Treppe hinan. Droben ward ich, als sei meine Ankunft bekannt, von einem alten Diener empfangen, der mich in ein saalartiges Schlafzimmer führte.

Ich wagte an den schweigsamen Mann keine Frage zu richten. Als er sich geräuschlos zurückgezogen hatte, starrte ich eine Weile in die Flamme der Kerzen, die auf dem Kamin in alten silbernen Leuchtern brannten. Ich sah die rätselhaft anmutige Kopfneigung vor mir, mit der sie mich soeben verlassen hatte. Zögernd wandte ich mich ab, da trat nochmals der Diener ein, um sich in mühsamem Italienisch nach meinen Wünschen zum Abendessen zu erkundigen. Ich dankte ihm. Eine große weiche Müdigkeit hatte mich ergriffen, so daß ich in einem weiten Sessel zusammengesunken blieb, zu träge, irgendeine Bewegung zu tun.

Endlich erhob ich mich und begann mich zu entkleiden. Nachdem ich die Lichter gelöscht, lag ich unbestimmte Zeit wachend im Dunkel, das mich wohltuend umfing und mir vertraut wie eine Heimat schien. Ich faßte keinen bestimmten Gedanken. Ohne besonders darauf zu achten, hatte ich fortwährend die undeutliche Empfindung, etwas Weißes in der Ferne vor mir zu haben, wie einen unsichern Schein, dem ich nachfolgte, endlos und ohne das Gefühl, mich zu bewegen. Alles war anders, als es solange gewesen war. Ich war ein mir Fremder, dem das Unmögliche zustoßen konnte, ohne daß es mich in Verwunderung setzte.

In der Morgendämmerung erwachte ich aus tiefem Schlaf und ward sogleich von einer inneren Unruhe ganz ermuntert. Sehnsüchtig erwartete ich das Eindringen des Lichtes. Doch blieb lange Zeit alles im tiefen Schatten, bis auf die Decke. Allmählich und immer deutlicher unterschied ich die zahlreichen Rokoko-Amoren, von denen sie weithin belebt war. Die rosigen Körper tummelten sich einzeln oder in Gruppen, musizierten und lachten. Hier und da lauschte einer hinter einer großen Muschel hervor, ein anderer lehnte sich an eine schlanke Säule. Auch diese Ausstattungsstücke waren rosig wie die Körper, mit gelblichen Reflexen. Die Sonnenstrahlen aber, die darüber hinflossen, machten die Deckenmalerei zum wahren Kunstwerk, denn sie tauchten alles in ein spielendes, luftzitterndes Leben. Die Kinderengel schienen auf den Armen ihrer Mutter, der Sonne, hereingeflattert, und nur solange diese verweilte, durfte ihr ausgelassenes Treiben dauern.

Als ich endlich meinen Blick von dem Bilde, das ihn mit dem ganzen blühenden Reiz des Lebens gefangen hielt, loslöste, ward ich aufs neue von dem peinlichen Gefühl der Fremdheit ergriffen bei dem Anblick der dunkeln Holztäfelung, die den ganzen Raum einschloß. Vor dem weiten Kamin standen dunkelfarbige Polstersessel. Die alten silbernen Kandelaber spiegelten sich traurig in der schwarzen Marmorplatte. In einer Ecke des Saales blickte eine strenge Madonna auf den leeren Betschemel zu ihren Füßen. Ganz befangen in dem Schweigen, das von dieser Umgebung ausging, stand ich auf und zog mich an. Dann trat ich an eins der Fenster und sah hinaus. Die reinste Morgenluft, voll des Atems der jungen Pflanzen, schlug mir entgegen. Aus den Schleiern des Sonnenduftes, wie eine keusche Schönheit, mit verhaltenem Glanz blickte die Landschaft mich an, aber die eigentümliche Bezauberung des vorigen Tages fand ich nicht wieder.

Ich hatte mich weiter vorgebeugt, da erschrak ich. Dort stand sie bereits, unten auf der Terrasse, weiß an weißem Stein.

Wie lange mochte sie unbeweglich geblieben sein. Ein Windenzweig, der die Säule umschlang, war, wie eine Liebkosung, über
ihre Schulter geglitten. Unwillkürlich wandte ich mich nach der
Amorette um, die droben ihre blühenden Glieder gegen die ro-
senfarbige Säule lehnte. Wie mutlos erschien mir die Haltung
der Lebenden!

Aber wer war sie? Mir fiel ein, daß ich sie nicht einmal zu
nennen wußte. Meine jugendliche Verlegenheit wuchs, wenn
ich daran dachte, wie ich ihr gegenübertreten, in welcher Weise
ich ihr danken oder mich entschuldigen sollte. Auch begann
ich die Nachwirkung der gestrigen Anstrengung zu spüren, die
meinen kaum genesenen Körper matt und meine Gedanken
dumpf machte.

Aus Ratlosigkeit nahm ich Hut und Stock. Der Vorsaal, den
ich betrat, war wie das mir angewiesene Gemach in dunkeln
Farben einfach gehalten und bezeugte die elegante Bequem-
lichkeit einer dauernden, wohlgegründeten Einrichtung. Ein
Gang, an dem die Wohnräume der Herrin liegen mochten,
führte zu dem stattlichen hellen Treppenhaus, in das ich zwischen bronzenen Greifen hinabstieg. Da war ich auf der Terrasse und sah mich ihr gegenüber, ohne Überraschung, obwohl
ich soeben kaum noch darauf vorbereitet war. Wie sie sich nun
mir zuwandte und mich mit einem gelassenen Druck ihrer kühlen Hand begrüßte, meinte ich sie gar nicht verlassen zu haben,
so vertraut war mir ihre Erscheinung, so selbstverständlich ihre
Anrede. Wenn ich vorhin daran gedacht hatte, daß ich ihren
Namen nicht wußte, war es mir jetzt unmöglich, mich einer
Zeit zu entsinnen, da ich sie nicht gekannt hatte. Mir schien es
so einfach und natürlich, mich ihr an diesem Platze gegenüber
zu finden, daß es am Ende immer so bleiben mußte.

›Es ist der schönste Morgen, den wir haben können‹, sagte
sie, und es klang, als sollte ich diesen Morgen mit vielen vo-
raufgegangenen vergleichen, die ich in ihrer Gesellschaft verlebt hätte.

Ohne besonderen Ausdruck warf sie dann leicht hin:
›Aber Sie sind blaß. Sie haben nicht gut geruht?‹
Sie wiederholte noch: ›Ja, Sie sind blaß.‹

Und obwohl sie das ohne besondere Teilnahme sagte, begann ich bei ihren Worten zu fühlen, daß ich blaß und leidend sei.

Übrigens fand ich auch sie noch bleicher und müder als gestern, ihre Stimme noch leidender. Eben wollte ich bedauern, daß vielleicht meine Gegenwart sie zu lange in den Abendnebeln aufgehalten habe, doch unterbrach sie mich mit der Frage:

›Und Sie wollen zurückkehren – wohin doch?‹

Ich bezeichnete meinen Aufenthalt.

›Es muß weit dahin sein.‹

›Ein Tagesmarsch.‹

›Und was wollen Sie dort tun?‹

Ich hätte wohl über die Frage erstaunen müssen, doch zuckte ich nur die Achseln. Sie sprach selbst meine Antwort aus.

›Nichts. Ich wußte es. Und Sie scheuen sich auch, über die Berge zurückzugehen.‹

Wirklich fehlte mir in dem Augenblick jede Vorstellung, als könnte ich je das Tal verlassen.

Sie sagte, wie etwas, das der Erwähnung kaum wert wäre:

›Ich will Ihre Sachen herüberholen lassen.‹

Eine Weile blieben wir so stehen, Blicke und Gedanken in den weichen Sonnenduft eingehüllt, der Garten und See erfüllte. Dann zog sie mit der langsamen, wie willenlosen Gebärde mit der sie alles tat, ein Heft an sich, das sie bei meiner Ankunft auf das Geländer gelegt hatte. An der Wand des Hauses, von der ein buntgewirkter Teppich herabhing, stand ein zierlicher langgestreckter Rohrsessel, darin ließ sie sich nieder. Ihrem Winke folgend, setzte ich mich auf einen andern, ihr schräg gegenüber. Gegen das Geländer gestützt, blickte ich in das Meer von Grün hinab, das die Stufen zu meinen Füßen umfloß, und dann auf sie, die wieder, wie ich es gestern gesehen hatte, mit dieser rührend lässigen Bewegung die Falten ihres Kleides ordnete, bevor sie das Heft aufschlug. Sie hielt den Blick darauf gesenkt, Minuten vergingen, und sie schien meine Anwesenheit vergessen zu haben. Wenn mich ihr Gespräch vom ersten Worte an vertraut berührt hatte, so herrschte nun ein Schweigen, wie zwischen alten Bekannten.

Es waren Noten, deren Reihen ihr schlanker Finger leis gleitend verfolgte. Ihre halb geöffneten Lippen bewegten sich fast unmerklich, ohne einen Ton des Liedes vernehmen zu lassen, dessen eintönig süße Melodie mir dennoch im Ohr lag. Ihre stille hohe Stirn erschien mir durchsichtig geworden. Das Echo der inneren. Klänge zog darüber hin mit zarter Andacht und hoffnungsloser Klage, unschuldig stammelnd und betäubend schwül. Je länger ich sah und lauschte, fühlte ich meine Seele verstrickt in den Tonreihen einer rätselvollen, fatalistischen Musik. Einen Augenblick hatte ich eine bestimmte Vorstellung meines Zustandes. Meine erregte Hand hatte auf dem Geländer den Zweig der weißen Winde erfaßt, den ich früher über ihre Schultern herabhängen gesehen hatte. Da meinte ich plötzlich in den Notenlinien ein Gewirr schlanker Zweige zu erkennen, und ihre Finger, die darüber hinglitten, hefteten blasse Blüten daran. Die feinen Ranken des Schlinggewächses legten sich um mich her, um all mein Wesen, fester und fester, einschmeichelnd und erstickend. Und ich mochte ihnen nicht wehren. Es tat so wohl, ihre schwächende Umarmung zu erleiden.

Wirklich fühlte ich mich, als ich endlich aufstand, schwächer und kränker, als seit langem. Es bereitete mir eine seltsame Genugtuung.

Sie hatte sich zuerst erhoben und war nahe an das Geländer getreten, auf das sie die Arme stützte. Ihre schmächtige Brust hob sich leise. Mehr zu fühlen, als zu sehen war es, wie ihre Gestalt und ihr Wesen sich dehnten in der steigenden Mittagswärme. Sie blickte hinüber in das Funkeln des Wassers und das Flimmern der Luft, ohne daß der harte Glanz ihre weit geöffneten Augen bewegte. In unveränderter Haltung fragte sie nach einer Weile:

›Kennen Sie das Lied?‹

›Ich erinnere mich, es früher gehört zu haben‹, sagte ich und fügte die Frage hinzu:

›Sie singen es nicht?‹

Als ob ich es nicht soeben von ihr gehört hätte.

Sie erwiderte einfach: ›Nein. Ich mache nur noch ganz stille Musik – wie eben.‹

Und dies blieb die einzige Andeutung, die ich damals über sie selbst, über ihren Zustand von ihr erhielt. Sie sagte nichts Derartiges mehr, so viele Tage nun auch folgten und so endlos viele Stunden, die ich in ihrer Gesellschaft auf der Terrasse verbrachte oder drunten zwischen den hohen, verwilderten Hecken und den grauen Marmorbildern oder auf dem See, unter jenem Laubgewölbe, wo ich zuerst mit ihr zusammengetroffen war. Wir schritten langsam dahin und blickten, stehenbleibend, in eine gemeinsame Ferne, die wir kaum sahen. Ja, obwohl der Raum, in dem wir uns bewegten, im Grunde nur klein war, schien es doch nicht anders, als wandelten wir, Seite an Seite, in unendliche Weiten fort. Ich hatte das Gefühl für Raum und Zeit verloren in dem namenlosen Zauber ihrer Gegenwart. Ich kannte nur das Licht und den Duft und die stille Schönheit, sehnsüchtig, in ihnen aufzugehen mit ihr.

Denn ich nahm, so wunderlich es klingen mag, kaum wahr, daß sie den alltäglichen Lebensbedingungen gefolgt wäre. In ihrer Nähe, unter ihren Händen, die mit lässigem Schmeicheln darüber hinstreiften, schien alles sich zu entkörpern. Wie oft saß ich ihr im hohen Speisezimmer gegenüber und sah ihr Bild, das mir im Rahmen eines offenen Fensters erschien, vom sonnigen Blättergrün und Himmelsblau zart abgehoben. Ein Teil der Wände war mit heller Fayencemalerei belegt, über die an verschiedenen Stellen ein mattfarbiger Gobelin fiel. Auf schlanken Säulen lehnten sich Schäferinnen aus Porzellan kokett gegen diesen ernsten Grund. Auf dem Tische standen silberne Vasen und Südseemuscheln, gefüllt mit ausgewählten Blumen, deren Farben mit denen der Früchte, ja mit denen der aufgetragenen Speisen zusammengestimmt waren. Formen, Farben und Düfte, alles was sie umgab, hauchte mit einem einzigen Atem eine Schönheit aus, von der sie mehr als von Speise und Trank unterhalten schien.

Und wenn diese Schönheit und ihr Walten mir unweltlich und traumhaft deuchten, konnte es doch nicht den Grund haben, daß sie sich vor mir in Szene setzte. Ganz im Gegenteil blieb sie oft genug unachtsam für meine Anwesenheit. Einmal sah ich sie den Diener mit Geld versehen. Aus einem unverschlossenen Schränkchen nahm sie eine zierliche stählerne

Schatulle. Während sie die Hand, die hineingegriffen hatte, wieder herauszog, klirrte ein goldener Strahl zurück. Das Gold rieselte durch ihre weißen Finger über den graublauen Stahl. War es Geld oder ein Farbenspiel? Auch dies ließ mich wieder empfinden, wie seltsam sie losgelöst war von der Welt, von den Werten und Beziehungen, die in ihr gelten.

Wußte ich doch so wenig wie am ersten Tage, wer sie sei und woher sie komme. Sie hatte mir erlaubt, sie Lydia zu nennen. Ich hörte sie alle Sprachen mit gleicher Unbefangenheit sprechen. Ihr Deutsch hatte zuweilen einen slawischen, weich klagenden Akzent, doch kamen dann auch süddeutsche Laute dazwischen. Mit den beiden alten Leuten, dem Diener und seiner Frau, verständigte sie sich in einem mir fremden Idiom. Aus alledem vermochte ich nichts zu entnehmen und niemals hätte ich eine Frage tun mögen, so wenig wie ich ihre Lippen zu einer Frage über mich und meine Herkunft sich je hatte öffnen gesehen.

In ein unbestimmtes Verhältnis zu etwas, das ich schon früher geschaut und erlebt hatte, vermochte ich sie nur bei einer Gelegenheit zu setzen. Wenn wir an feuchten Tagen auf der Terrasse saßen – es regnete nicht, doch die Luft rieselte weiß und flockig. Wie eine ganz leichte Watte hüllte die warme Feuchtigkeit alles, das Seeufer, die Büsche und Baumstämme, den Marmor und uns selbst ein. Über dem Kragen ihres weichen gelblichen Kaschmirkleides nahm dann die Haut ihres Halses und Gesichtes einen matten Ton von Elfenbein an. Von oben sickerte, da es gegen Mittag ging, ein trauriges, glanzloses Licht langsam liebkosend über ihr Haar. Und ihr farbloses Haar, dem eine glänzende Sonne keinen Widerschein entlockte, vereinigte diese schüchternen matten Strahlen zu einem leisen Schimmer, der nun von ihr auszufließen schien über alles, was sie umgab. – Wenn ich sie so sah, kam mir halb unbewußt die Erinnerung an jenes Madonnenbild zu Florenz, in dessen leidenden Reiz ich mich einst versenkt hatte.

Doch so wenig wie von jener Heiligen wußte ich von ihr – vielleicht noch weniger. Nur eins wußte ich: sie starb.

Nach solchen bedeckten Tagen fand ich sie kränker als vorher. In ihrem durchsichtig blassen Gesicht brannten die zu roten Lippen. Ihr Wesen schien so sehr ausgelöscht, daß die Umrisse ihrer Gestalt mir vor den Augen verschwammen. Dann erfaßte mich eine entsetzliche Angst, sie möchte so entschwinden, sie, die schon jetzt von der Welt nicht mehr gesehen ward, möchte dorthin gehen, wo auch ich sie nicht mehr finden würde. Sie hatte sich hierher zurückgezogen, in einen künstlichen, unweltlichen Kreis, für den die Verhältnisse des Lebens der andern nicht mehr galten und dessen Grenzen in die ewige Leere hinüberflossen. Ihr Dasein berührte sich schon hier, wo man langsamer oder schneller, ohne das Bewußtsein der Zeit lebte, mit der Unendlichkeit. Wie nun, wenn sie verklang wie ein einmal vernommener Ton von drüben und mich zurückließ in der Endlichkeit, aus der ich ohne sie keinen Ausweg finden würde. Ich ahnte zum voraus meine namenlose Verlassenheit. Ich mußte ihr folgen, es war unmöglich, ihr nicht zu folgen. Ich war krank und sterbend gleich ihr. Ich wollte es sein.

Jeder Wechsel ihres Zustandes warf mich in die qualvollste Unruhe, in streitende Hoffnungen und Ängste. Ich kannte den schrecklichen Augenblick, wenn sie sich plötzlich im Sessel hoch aufrichtete, wenn ihre zerbrechlichen Schultern sich an der steilen Lehne emporrangen und ihre Hände die Armpolster umkrampften. Ihre Augen waren übermäßig weit geöffnet und durchscheinend, Augen, die von der Welt nichts mehr sahen. Ich fühlte, daß ich nicht mehr da war für sie, während sie aufstand und tastend, mit dem Schritt einer Nachtwandlerin, fortging. Vielleicht war es die rührende Koketterie ihres Leidens, die mich solche Anfälle und das Elend und die Häßlichkeit des Sterbens nicht sehen lassen wollte. Die Schönheit sollte auch noch das letzte besiegen. Mich aber trieb, während ich sie so sich weiter und weiter entfernen fühlte, eine verzweifelte Sehnsucht, mich auf der Stelle, wo sie noch eben gestanden hatte, niederzuwerfen, als vermöchte ich nur so, ihren Tod einzuholen und mich mit ihm zu vereinigen. Und dennoch erwartete ich mit einer phantastischen, halb unsinnigen Hoffnung ihre Wiederkehr und zitterte in den Schauern einer Erlösung, wenn ich sie endlich erscheinen sah, den Gang noch schleppend und mühsam, doch mit dem gewöhnlichen Ausdruck, nur auf den blassen Wangen zwei hohe dunkelrote Flecken.

Dann folgten oft viele Tage, in denen ich sie wenig sah. Einsam irrte ich durch Haus und Tal, angstvoll vorwärts getrieben von etwas, das ganz im Grunde, wo das Bewußtsein fehlte, da war und wartete. Es wartete, daß alles erfüllt sei, und mußte mir's alsbald sagen. Unmöglich war es, daß ich sie auch nur um eine einzige Sekunde überlebte. Lebte ich doch nur von ihrer Seele und ganz eingeschlossen in den Rätseln ihres Wesens, die für mich keine waren. Ich kannte sie, weil ich mit ihr eins war. Wie hätten die getrennten Körper in der letzten Stunde unsere Vereinigung lösen können.

An einem gewitterschwülen Tage war ich lange am Seeufer hingegangen, unter den tief an den Bergen herniederhängenden Wolken. Gegen Abend erst kehrte ich in das Haus zurück, und fand auch hier keine Ruhe. Eine innere Macht scheuchte mich auf, sobald ich mich niedergelassen hatte, und ließ mich über die Teppiche, die meinen müden Schritt hinderten, weiterirren. Aus dem Speisesaal ging es in einen großen Wohnraum, in dessen Mitte, von den Statuen der Meister umringt, der Flügel stand. Immer fand ich einen ihrer Gesänge aufgeschlagen, von denen sie keinen sang. Ohne Absicht näherte ich mich seitwärts einem dunklen Vorhange, den ich noch nicht beachtet hatte. Als ich ihn zurückgeschlagen hatte, blickte ich durch eine angelehnte, niedrige Tür in ein kleines Kabinett, das zur Hauskapelle eingerichtet war. Es lag in tiefer Dämmerung. An die Bergwand grenzend, erhielt der Raum durch das einzige, gotisch spitze Fenster fast kein Tageslicht. Die geringe Beleuchtung kam von der getäfelten Decke, aus der ein grünlicher Schein fiel. An der weißen Wand stand ein geschnitztes Kirchengestühl. Mein Blick ward festgehalten von der lebensgroßen, in Elfenbein gebildeten Gestalt des gekreuzigten Christus, die inmitten zweier silbernen Kandelaber auf einem schmalen Altar vor dem Hintergrund einer schwer herabwallenden Silberstickerei geheimnisvoll schimmerte.

Erst nachdem meine Augen sich an die schwache Beleuchtung gewöhnt hatten, nahm ich zu Füßen des Altars einen niedrigen, schwarz bekleideten Betschemel wahr. Und etwas, das ich solange für einen matten Widerschein des Lichtes gehalten, unterschied ich dann als eine weiße Gestalt.

Sie war ganz zusammengesunken, hingeworfen, fast wie eine leblose Sache, über die niedrigen Stufen. Das weite Gewand ließ mich keine Formen erkennen, und von ihrem Kopf, der über den Rand des Pultes hinübergeschoben, auf ihren herabhängenden Armen zu ruhen schien, sah ich nur das Nackenhaar im leisen grünlichen Schimmer hin und wieder erzittern. Es war das einzige Zeichen von Leben.

Plötzlich begann sie tonlose langsame Worte zu flüstern, die ich nicht verstand. Wenige Augenblicke, dann blieb aufs neue alles still, eine lange Weile.

Da wieder – sie flüsterte, doch rascher, heftiger, durch schwere Atemzüge unterbrochen, als wolle sie ihre Bitte erzwingen. Bat sie um Leben oder Tod? Ich stand mit angehaltenem Atem, zitternd, jeder Nerv, alle Muskeln gelöst, und kraftlos hätte ich hinsinken müssen, wäre nicht das Etwas gewesen, das in mir war und wartete, und das mir sogleich, in einer Sekunde, verkünden mußte, es sei erfüllt, um was ich in ihrer Seele, mit ihr flehte.

Und dann geschah, was ich fürchtete und hoffte. Mit einem langen matten Stöhnen hob sie den Kopf und streckte mit langsamer, steifer Gebärde die Arme dem Christusbild entgegen. Wie sie aus den zurückgefallenen Ärmeln emporragten, erschrak ich über ihre krankhafte Magerkeit, und weil sie elfenbeinern aussahen wie das Bild. Ruckweise, mit einer nervösen Kraft, die niemand der gebrechlichen Gestalt zugetraut haben würde, folgte dann der Körper der sehnsüchtigen Bewegung der Arme. Er stieg empor; unter den Falten des Gewandes sah ich den überschlanken Leib sich dehnen und wachsen. Ihr Kopf befand sich in der Höhe der Füße dessen, zu dem sie sich hinanreckte, und ihre Lippen glitten über diese gekreuzten Füße hin. Aber sie erhob sich weiter. Sie kniete nicht mehr, und stand sie noch? Sie schien zu schweben; ihr Kopf, gewaltsam in den Nacken geworfen, war nach dem Haupte des Erlösers gerichtet. Dorthin trachtete, mit einer einzigen Gewalt, all ihr Wesen. Es war, als wollte sie ihm ein Wort nahe ins Angesicht sagen. Aber er hörte es nicht, und sie blieb stumm unter der

schmerzlichen Majestät seines Blickes. Noch eine übermensch-
liche Anstrengung – ihre Arme stießen zur Seite, wie im
Krampf, daß ich die Gelenke krachen hörte. Einer von ihnen
traf den Kandelaber, daß er klirrte.

Ich weiß nicht, ob er umfiel. Ich sah nur noch, wie die unmögliche Spannung ihrer Glieder nachließ, wie ihr Körper
weich und schwer, als sei mit einem einzigen Hauch all sein
Wille ausgeblasen, zurückfiel. Und aus der gleichen unbegreif-
lichen Höhe, in die meine Seele mit der ihren getragen war,
sank ich selbst, ohne Widerstreben, wie sie der Verkündigung
des Endes gehorchend, ins Leere. –

In der Nacht, es mochte gegen Morgen sein, erwachte ich
einmal. Zuerst war alles stumm und dumpf in mir, aber dann
arbeitete etwas sich aus mir heraus, das zu toben begann. Es
brauste rings um mich her, und plötzlich klang es in das ver-
worrene Lärmen hinein wie das klirrende Aufstoßen von Silber. Darauf verbreitete sich allmählich ein ungewisser Schein,
in dem ich endlich den Rahmen eines Fensters unterschied. Sie
stand davor, die weiße Gestalt erhob sich dort langsam gegen
das Fensterkreuz, und hinaus. Sie schwebte hinaus. Einen Augenblick stand sie draußen mit geschlossenen Füßen in der
Luft, dann entglitt sie weiter, auf den rankenden Zweigen der
weißen Winde, die ihre geschlossenen Füße nicht berührten,
weiter und weiter, in dem Scheine, den sie nach sich zog. Hinter
ihr schloß sich die Dunkelheit, ich blieb darin zurück. Ich
wollte schreien: ›Hilf mir! Ich auch!‹ Aber ich sank in Bewußt-
losigkeit.

Jede Nacht war es dasselbe, ich weiß nicht wie viele Nächte.
Ich erwachte, und meine Augen fanden langsam die Helligkeit,
weißgrünlich, und die schwebende Gestalt. Mein Blut toste und
wälzte in meinem Hirn Gedichte von unmenschlicher, zum
Fluge verlangender und an den Boden gebannter Sehnsucht –
Fiebergedichte, die keine menschlichen Worte hatten.

Eines Morgens endlich begann ich wieder zu sehen, durch
einen Schleier, mit noch stumpfen Sinnen, doch waren es wieder die Dinge dieser Welt. Die Dämmerung lichtete sich. In
einem Winkel des Zimmers, von dem Tisch, an dem sie geses-
sen, erhob sich die Gestalt meiner Gesichte. Sie trug zwei

silberne Leuchter zum Kamin, auf dessen Marmorplatte sie leise niederklirrten. Als sie die Kerzen gelöscht hatte, ging sie mit ihrem schwebenden Schritt zum Fenster, das sie der herbstlichen Morgenluft öffnete.

Um ihr mit dem Blick folgen zu können, wandte ich den Kopf. Sie hatte meine Bewegung gehört, sie sah mich an. Und während unsere Augen sich trafen und lange, lange ineinander vertieft blieben, erfuhr ich, daß endlich, dennoch, die Trennung unserer Körper besiegt sei, daß sie nun ganz mein Traum geworden und ich der ihre, und daß wir fortan ohne Furcht und sicheren Schrittes miteinander in die Unendlichkeit wandelten.

Sie trat an mein Bett und reichte mir ihre Hand, durch die das Licht hindurchschimmerte. Ich sah es mit freudigem Herzklopfen und neigte mich über diese Hand, die meine tastenden Lippen kaum fühlten. In ihrem Gesicht, so schien es mir, war nichts mehr, als die Augen, große fremde und vertraute Sterne einer anderen Welt, die ich nicht mehr losließ.

Sie neigte sich über mich und sagte mit einer Stimme, die nur noch ein Hauch war:

›Du sollst ganz still bleiben.‹

Aber ich wußte mir kein Wort, das ich ihr noch zu sagen nötig gehabt hätte.

Nach einer langen Weile, als ich schwieg, tat sie selbst eine Frage:

›Du fühlst dich sehr schwach?‹

›Du warst immer bei mir?‹ fragte ich und beachtete so wenig dieses erste ›Du‹, das ich aussprach, wie das von ihr empfangene.

Sie nickte. Ich begann wieder:

›Du hast alles gehört, was ich gesprochen habe, all diese Nächte?‹

›Nichts. Aber ich weiß alles. Sei still!‹

Ich war still, und ganz still und trostreich blieb es in mir die Tage, die sie noch an meinem Lager zubrachte, und später, als wir wieder in guten Stunden miteinander auf der Terrasse saßen.

Es war wie früher, nur daß kaum noch gesprochen wurde, weil wir unsere Gedanken kannten; nur daß man seinen Körper kaum noch fühlte. Die Zeit des Wartens war vergangen, wir befanden uns jenseits von Furcht und Hoffnung.

Wir saßen inmitten des Rot und Gelb der fallenden Blätter. Um uns her blühten große Blumen in undenkbaren Farben auf, und ganz drunten, hinter unwirklich blauen Schleiern, zogen die Ewigkeiten vorüber, die wir mit unbewegten Augen sahen.

Der Herbst ward kühler. Zusammenschauernd sagte ich zu meiner bleichen Gefährtin:

›Wir werden fortgehen. Was tun wir in einer sterbenden Welt?‹

Sie antwortete:

›Bleibe noch eine Zeit. Dann wirst du mir folgen.‹

›Dir folgen? Was kann uns denn trennen?‹

›Nichts. Nur mußt du einen Augenblick von mir gehen, bevor das Letzte, Häßliche mit mir geschieht, in der Zeitlichkeit.‹

›Ich soll von dir gehen!‹

›Nur für die Minute, da ich dir vorausgehe. Dann wirst du mich überall wiederfinden. Nur das Letzte, wie könntest du das sehen wollen. Wir glauben nur, wenn wir nicht sehen.‹

Sie fügte noch hinzu: ›Du wirst es erfahren, wenn der Augenblick bevorsteht.‹

Und wieder ein Tag, da war der Augenblick gekommen, für dessen Dauer ich sie verlassen sollte.

Als ich, von einem Morgengange zurückkehrend, langsam zur Villa hinanstieg, sah ich schon von weitem, durch das gelichtete Laub, ihre weiße Gestalt droben auf der Terrasse undeutlich schimmern, wie ein Phantom, das mir nun, ich fühlte es, sofort aus den Augen entschwinden sollte. Sie ging nie mehr an den See hinunter und selten betrat sie noch die Terrasse. Nun hatte ein blauer Herbsttag die letzte warme Sonne gebracht. Und wie ich, mich nähernd, ihre Gestalt in hinfälliger Anmut gegen die Säule gelehnt sah, mit den verwischten Zügen des Gesichtes, in dem nur die Augen ein eigenes, von dem des Körpers unabhängiges Leben führten, sagte mir eine grundlose, unwiderlegliche Ahnung, daß sie mich erwarte und daß sie in der nächsten Minute die Entscheidung sprechen werde.

Sie winkte mir nicht und blieb ohne Bewegung, bis ich, um Zeit zu gewinnen, langsameren Schrittes, dicht vor sie hingetreten war. Ganz ruhig, ohne Trauer und ohne die Betonung von etwas Außerordentlichem sagte sie:

›Es ist das letztemal, daß ich hier draußen bin. Die Zeit ist um.‹

Einen einzigen Augenblick begehrte ich dennoch auf.

›Ich soll dich verlassen!‹ rief ich, daß es roh in eine Geisterstille klang.

Aber sie legte nur beschwichtigend den Finger auf die Lippen, und ich wußte wieder, daß alles geschehen müsse, wie sie es längst vorausgesagt hatte.

Sie hatte einen Schritt zur Seite getan, hinter ihr erschien der Diener, mit meinem Gepäck beladen, in der Tür.

Der Mann war schon ein Stück die Terrasse hinab. Wir standen noch immer. Dann reichte sie mir die Hand und sagte:

›Auf Wiedersehen.‹

Ich wiederholte die beiden Worte, und es blieben die einzigen, die wir sprachen. Ich wandte mich und ging.

Im Gehen fühlte ich nichts anderes, als in meiner brennenden Hand einen kühlen Hauch an der Stelle, wo eben noch die ihre gelegen.

Auf halbem Wege blickte ich zurück, um droben, zwischen den Zweigen, ein flackerndes weißes Licht zu sehen, das im Verlöschen war. Als ich, unten angelangt, mich noch einmal umwandte, fand ich es nicht mehr.

Wie soll ich nun erzählen, auf welche Weise ich sie vergessen habe?

Denn seltsamer als alles andere ist, daß ich sie vergaß, und dennoch so natürlich. Kaum, daß ich sie verlassen hatte, begannen die Linien ihrer Gestalt, die von meinen Sinnen kaum je recht erfaßt worden waren, sich in meinem Gedächtnisse zu verwischen. Wenn ich des Nachts erwachte, fand ich vor meinen geschlossenen Lidern einen stillen verschleierten Glanz, den Widerschein eines fernen Sternes, ihres Auges. Der Glanz ward undeutlicher, aber ich behielt in der Seele den Widerschein des wunderbaren Sternes, in dem ich einmal gelebt hatte. Er blieb immer, wenn auch die nach jenem Sterne zurückverlangende Seele besiegt wurde von dem Körper, der gesundete und stärker ward als je. Das Leben tat an mir seine Arbeit und, noch mehr, stellte mir die Arbeit, die ich zu tun hatte. Ich kehrte heim und erarbeitete mir ein bürgerliches Glück.

Aus dem Augenblicke, den unsere Trennung währen sollte, ist ein langer Zeitraum geworden. Ob sie mich heute wiedererkennen würde? Ich habe sie überlebt, und, ich weiß nicht, wie es geschah, aber heute erinnere ich mich ihrer kaum wie eines Menschen. Und doch habe ich keines Menschen Seele näher gestanden als der ihren. Ich wußte, solange ich bei ihr weilte, nichts von ihr und habe doch nie wieder jede Regung eines andern Wesens so mitgelebt und dies ganze, rätselvolle Wesen zu dem meinen gemacht, wie damals. Denn das Unbegreifliche war Leben geworden, und man atmete in lauter Rätseln, die keine waren, weil keine noch so leise Frage sie verriet. Man hatte das Wunderbare ganz erfaßt, weil man den Begriff des Wunderbaren ganz verloren hatte.

Sprach sie nicht das Wort, daß man nur glaubte, wenn man nicht sah?

Ich habe nicht nur sie überlebt, sondern auch das Wunderbare, dessen außerweltlicher Schein einmal auf mich fiel und dessen man später, auch wenn man es erfahren hat, nur wie an etwas Unwirkliches denkt.

Das Wunderbare! Zuweilen hege ich Zweifel, aber dann meine ich doch wieder, es sei besser, ein einziges Mal träumend von seinem vollen Schein getroffen zu sein, als die andere Art, wie ihr andern den gemeinsamen Idealen unserer Jugend näherzukommen sucht. Ihr ringt und hastet, und hier und da erhascht ihr einen Fetzen des Ideals, der euren prüfenden Händen gleich wieder entfliegt, ohne daß ihr je dahin gelangtet, ganz zu können, ganz zu verstehen oder ganz zu vergessen.«

Die Gemme

»Sie finden mich«, rief uns der Hofrat entgegen, als wir durch die weißlackierte Flügeltür den Bibliothekssaal betraten, »Sie finden mich in nicht gelinder Erregung, meine Freunde.«

Im ersten Augenblick zweifelten wir, an welchem Orte des vielwinkligen Gemaches unser Blick den alten Herrn aufzusuchen habe. Wohl fiel von der luftigen Galerie, durch die wir kamen, helles Licht ein. Doch wie mannigfache Gegenstände waren ihm hier in den Weg gestellt! Kreuz und quer bauten sich Büchergestelle, bis nahe zur Decke ragend, Rücken an Rücken oder in rechten Winkeln gegeneinander auf. Oftmals schon waren wir an diesen Schatzhäusern emporgestiegen, um eine wertvolle Handschrift, einen unvergleichlichen Druck des Abraham Wolfgang, Anton Schouten oder Daniel Elzevier vorsichtig herabzulangen, den der Sammler einem Adepten zu zeigen wünschte. Der untere Teil einiger Gestelle wurde von großen Laden eingenommen, in denen Handzeichnungen geschätzter Meister, reinliche Kupferdrucke sorgsam behütet lagen. In der hintersten Gegend des Raumes aber, zu beiden Seiten des breiten Tisches, auf dem zwischen geradlinigen Meißner Vasen und bauchigen Römern ein großer Sèvres-Hund sich über das Tintenfaß ausstreckte – cave canem, pflegte sein Herr zu sagen, mit schmunzelnder Anspielung auf einige Schriften unbekannten Inhalts, die er nie der Öffentlichkeit überliefert hat –, zu beiden Seiten dieses Tisches schlossen sich, auf hohen Stelzbeinen ruhend, einige einfache Kästen aneinander an. Sie wiesen weiße Lackierung nebst Goldkisten auf, das Schlüsselloch bildete eine zierliche Goldrosette. Und sie standen weder zu fern noch zu nah beieinander, als Personen, die ihres Wertes sich wohl bewußt sind. Denn sie bewahrten unter ihren feingeschliffenen Glasscheiben den Herzensstolz des Alten, seine Gemmensammlung.

»In nicht gelinder Erregung finden Sie mich«, so wiederholte der Hofrat Wiedmers, mit seiner etwas kreischenden Stimme, »und doch auch wieder in tiefer Betrachtung.«

Er wendete sich von dem an einer der Bibliothekswände aufgeschlagenen Pulte mit so heftiger Bewegung ab, daß eine

Puderwolke um ihn herflog. Näher tretend streckte er uns aus dem mausgrauen Ärmel seines Tuchrockes mit leidenschaftlichem Willkommengruß die Hand entgegen. Dabei fiel wie zufällig die von dem Alten niemals abgeschaffte Spitzenmanschette zurück und entblößte die Hand – seine zarte und wohlgeformte Hand, die durch ihr aristokratisches Wesen dem jungen Diplomaten einstmals, auf dem Wiener Kongreß, beinahe eine vollkommene Gleichberechtigung eingetragen hatte.

»Seit acht Tagen«, fuhr der Greis fort, »lebe ich auf das strengste abgeschlossen von der Welt. Doch da Sie, meine Freunde, mich nun aus meiner Einsamkeit aufscheuchen, begrüße ich es als Fügung, daß Sie, die dessen würdig sind, an meiner Bewegung freundlichen Anteil nehmen sollen.«

»Es ist Ihnen, verehrter Herr Hofrat, etwas Schmerzliches zugestoßen?« riefen Eduard G. und ich wie aus einem Munde.

»Nicht doch.« Er mäßigte seine Stimme zu bedeutsamem Flüstern. »Nicht doch. Es ist vielmehr, was mir begegnet, das freudigste Ereignis meines Lebens.«

Er brachte den zweiten, hinter seinem Rücken verborgenen Arm hervor und öffnete langsam die vorsichtig verschlossene Hand.

»Eine neue Gemme«, riefen wir sogleich und Eduard fügte hinzu:

»Ein Meisterwerk! Welch glückliche Vermehrung Ihres Besitztums, mein verehrter Freund.«

»Ein äußerst sauberer Schnitt«, bemerkte ich.

Mit sanfter Gewalt entnahm ich die Gemme aus des Hofrats Hand, der sich von seinem neuen Eigentum ungern trennen mochte, und betrachtete das Kunstwerk von allen Seiten. Der ovale Stein, der, weiß auf rosigem Grunde, ein weibliches Profil von seltsamem Reize aufwies, lag auf einer dünnen Goldplatte. Die Fassung bildeten in Gold getriebene, zierlich um das Oval gelegte Blätterranken, von schwebenden Putten getragen.

»Wie luftig das kunstvolle Haargebäude herausgearbeitet ist«, äußerte Eduard, dem ich in lebhafter Bewunderung beistimmte.

»Wie natürlich-plastisch fällt doch jene Locke über eine, man möchte sagen, durchsichtige Stirne.«

»Das Auge, wie sprechend.«

»Ich sollte meinen, um den beweglichen Nasenflügel, um den weichen Mund ein rätselhaftes Lächeln spielen zu sehen, das doch nicht da ist?«

Mir war es, als habe der uns aufmerksam beobachtende Hofrat eine unwillkürliche Bewegung geäußert.

»Und der Schnitt des Profils«, sagte Eduard, »so klar ohne Härte. Nichts von dem Maskenhaften, das neueren Arbeiten nur zu leicht anhaftet.« Hier glaubte ich ein unterdrücktes Kichern des Hofrats zu vernehmen. »Wem mag doch dieses Meisterwerk zu verdanken sein?«

»Wer immer der Künstler sei«, so meinte ich bemerken zu müssen, »vermag ich doch nicht einzusehen, Herr Hofrat, inwiefern der glückliche Ankauf dieser Gemme das freudigste Ereignis Ihres Lebens genannt werden sollte. Denn bei allen hohen Vorzügen dieses Stückes scheint doch Ihre Sammlung manches zu besitzen, das sich ihm wohl an die Seite stellen ließe.«

»Lesen Sie!« rief plötzlich der Alte aus, der, während er die Gemme aus meiner Hand zurücknahm, uns an das früher von ihm verlassene Pult zog. Ein Buch lag dort aufgeschlagen. »Lesen Sie!« wiederholte er. »Es ist der neue Katalog meines römischen Freundes Vincenzo Buonvicino, des trefflichen Mannes, der, wenn er mit den Gegenständen seiner Kennerschaft nicht Handel triebe, wohl verdiente, ein Sammler genannt zu werden.«

Wir lasen an der bezeichneten Stelle:

Camei A. 703. Ignoto autore. Detto ritratto della Principessa Foscolini-Winterstein. 1809 (?)

Da wir fragend auf den Hofrat blickten, begann er zu erklären.

»Nicht sobald«, sagte er mit feierlichem Kopfnicken, »nicht sobald hatte ich diese Nummer im Katalog meines Freundes Vincenzo entdeckt, als ich einen dringlichen Auftrag nach Rom ergehen ließ. Ich befand mich nun volle sechs Wochen lang in der peinlichsten Spannung, eine außerordentliche Vermutung, die ich hegte, bestätigt zu sehen. Fragen Sie mich nicht, wie ich das Fieber der langen Erwartung ertrug. Ich ging in

Gesellschaft, ohne zu wissen, wen ich traf, ich tat und redete, ich weiß nicht was, begab mich, ich weiß nicht wohin; kaum, daß ich noch lebte. Endlich kommt der gesegnete Morgen, an dem mir der Bote das kostbare Kistchen übergibt. Ich verschweige die unendliche Behutsamkeit, die ich trotz leidenschaftlichster Ungeduld beim Öffnen des zerbrechlichen Gutes anwenden mußte. Endlich liegt dennoch der Schatz vor mir, nach dem ich zwei Dritteile meines Lebens hindurch gefahndet hatte.«

»Aber ich verstehe«, wagte ich einzuwenden, »ich verstehe noch immer nicht –«

»Sie verstehen nicht, welche hervorragende Bedeutung dem in gegenwärtigem Jahrhundert von unbekannter Hand verfertigten Porträtschnitt einer Fürstin Foscolini-Winterstein innewohnen sollte. Allein, meine jungen Freunde, dieses angebliche Bildnis einer unbekannten – mir nur zu wohl bekannten – Dame trägt in Wahrheit –«

Der Alte hatte sein hageres, vor Erregung in die Länge gezogenes Gesicht dem meinigen ganz nahe gebracht. Seine hellen, graublauen und fast wimperlosen Augen waren sehr weit geöffnet und seine dünnen Lippen so fest aufeinandergepreßt, daß hundert kleine Fältchen seiner Wangen strahlenartig auf die Vertiefungen der Mundwinkel zuliefen.

»– trägt in Wahrheit die Züge der Donna Vannozza Orsini, deren übrige Bildnisse zugrunde gegangen sind, und stammt von keinem Geringeren als von dem hochgelobten Meister Benvenuto Cellini.«

»Unmöglich!« rief Eduard G. mit mir wie aus einem Munde, und wir überstürzten uns in Fragen.

»Woher wissen Sie?«

»Haben Sie urkundliche Beweise?«

»Oder welcherlei Merkmale?«

»Die Arbeit trägt irgendeine versteckte Bezeichnung?«

Schon wollte ich die Hand nach der Gemme ausstrecken, doch wehrte mir der Hofrat.

»Nichts von alledem«, entgegnete er mit einem stillen Lächeln. »Sie würden den Ursprung dieses Schnittes niemals entdecken – wäre er denn meinem Kenner Vincenzo verborgen geblieben! –, und mir selbst würde dieser berühmte Ursprung unbekannt sein ohne den seltsamsten Umstand, der ihn mich in höchst glaubwürdiger Weise kennen lehrte. Was ich hier berühre, sind alte Begebenheiten, über die ich nie gesprochen habe und über die in jetziger Zeit außer mir niemand mehr des Näheren unterrichtet sein kann. Allein, da zu bedeutender Stunde das Geschick Sie, meine Freunde, mir zugesandt hat, trage ich kein Bedenken, Sie, falls Sie es lohnend erachten, an meiner freudig und erinnerungsvoll bewegten Stimmung teilnehmen zu lassen.«

Der Alte wies uns mit freundlicher Gebärde zwei steiflehnige Stühle an, er selbst nahm vor seinem Tische, in dem weiten, mit fadenscheinigem Gobelin bezogenen Sessel, halb uns zugewendet, Platz.

»Wie Ihnen wohl bekannt ist, wurde ich als noch recht junger Mann nach Wien entsandt, um unserm hochseligen Herrn Kurfürsten über die Verhältnisse jenes Kongresses zu berichten, der nach Bonapartes vorläufigem Sturz die europäischen Angelegenheiten zu restaurieren unternahm. Als halb offizieller Vertreter eines deutschen Kleinstaates, zudem von bürgerlicher Herkunft, war ich in der erlesenen Gesellschaft, die sich dort zu später nie wieder erhörten Festlichkeiten zusammenfand und, wie es mir heute vorkommt, den letzten Tanz des Europa von ehedem aufführte, doch recht wohl gelitten. Ich besaß leidlich die damals noch weit wichtigere Gabe der Selbstbeherrschung, verstand es, mich auf jenem glatten Boden nie zu weit vorzuwagen und im rechten Augenblick den Fuß zurückzuziehen. Meine Verbindungen waren wenige, doch zeichnete sie beste Qualität aus. Ein Berliner Diplomat, entfernter Verwandter meiner Familie wie auch der des Geheimen Rates von Gentz, führte mich bei diesem ein, und Herr von Gentz, wie ungern er sonst an seine Berliner Vergangenheit erinnert wurde, nahm mich nicht ohne Wohlwollen auf. Er verschaffte mir Zutritt in die Hof- und Staatskanzlei und ich wußte mich dem Kanzler zu empfehlen, der wiederholt die Güte hatte, mir Aufträge zu erteilen. Zu den geschäftlichen fügte er, zwar nur einmal, auch eine persönliche Verhaltungsmaßregel, allein diese ist mir immer bemerkenswert geblieben.

›Sie sind‹, sagte Metternich, ›ein junger Mann von Distinktion und möglichenfalls von Zukunft. Hätte ich einem solchen einen Rat zu erteilen, er lautete: Suchen Sie die Stützpunkte in Ihrer Laufbahn nicht mehr bei den Frauen. Es ist dies, wiewohl einige neuere Fälle das Gegenteil zu beweisen scheinen, ein heute veraltetes System.‹

Nach der respektvollen Anhörung dieses Ausspruches verneigte ich mich ziemlich betroffen und ging mit wunderlichen Gedanken von dannen. Nicht daß ich bis dahin die Prätension gehegt hätte, durch weibliche Intrigen die Ziele meines Ehrgeizes zu erreichen, mich durch Amors Flügel auf die Höhe der geschäftlichen Erfolge tragen zu lassen. Gerade im Gegenteil besaß ich von dem Ernst der Aufträge, die mir inmitten so glänzender Festgäste das Bürgerrecht verschafften, eine vielleicht übertriebene Vorstellung, so daß ich nichts mehr fürchtete, als mich an das Treiben der Gesellschaft zu verlieren. Der überreiche Frauenreiz, von dem man dort täglich umgeben war, erschien mir nicht unverdächtig, ich war entschlossen, Gewehr bei Fuß auszuharren.

Bemerken Sie, meine jungen Freunde, daß viel Leichtsinn der Jugend weniger Schaden zufügt, als eine falsche Berechnung es imstande ist. Da ich mich den allgemeingeselligen Herausforderungen der Weiblichkeit, die mir eine oberflächliche und unschädliche Zerstreuung gewährt hätten, entzog, war ich um so sicherer dazu bestimmt, jener einen zum Opfer zu fallen, in deren Kreis mich das Schicksal trieb. Es war dies die Fürstin Theresa Foscolini-Winterstein, die für die schönste Frau des Jahrhunderts zu erklären ich noch heute keinen Augenblick Bedenken trage. Wenden Sie mir nichts ein! Ich durfte in London der Lady Hamilton die Hand küssen, ich habe Fanny Elßler tanzen gesehen, ich habe bei Madame – doch wozu ferner vergleichen, was unvergleichlich ist. Sie kennen ihre Züge, die, was Ihnen durch später zu berührende Umstände erklärt werden wird, völlig den in diesen Stein geschnittenen glichen. Ich füge hinzu, daß ihr Haar, von eigentümlich stumpfer Kastanienfarbe, zuweilen von unerklärlichen roten Lichtern durchschossen ward, daß ihre umschatteten Augen, zumeist halb geschlossen, wie schwarzer Sammet schmeichelten, manchmal aber weit geöffnet, wie straffgespannte graue Seide erglänzten, daß ihre Gesichtsfarbe blaß, wie nach Honoré von Balzac, einem zeitgenössischen Schriftsteller, die Farbe der meisten Frauen mit sehr langen Haaren, allein von jener südlichen Blässe war, hinter der wir das roteste, leidenschaftlichste Blut hervorschimmern zu sehen meinen – ich füge dies hinzu, und Sie haben das Bild, das sich Ihnen, ach, nicht mehr zu beleben vermag. Mir aber schien damals in diesem vollkommenen Wesen das Leben in seinem ungeteilten Reichtum beschlossen zu liegen. Ihre schlanke, wiewohl üppig vollendete Gestalt – die Fürstin mochte sechsundzwanzig Jahre zählen – bewegte sich mit einer, in ihrer Umgebung nicht gewöhnlichen keuschen Zurückhaltung, dennoch aber sprach jene reife und, wie soll ich sagen, schläfrige Leidenschaft aus ihr, die wir fast ausschließlich an einigen Italienerinnen bester Rasse wahrnehmen. Wenn meine Gedanken sich mit ihr beschäftigten, was nur zu häufig geschah, so erträumte ich sie mir ebensowohl als hingebende Geliebte wie als sicheren und erfahrenen Freund. Ich glaubte niemand so wie ihr mich anvertrauen, nirgend als durch ihre weiche, klangvolle Stimme eine Beratung, eine Teilnahme erfahren zu können, die bei einer lebensklugen und liebenswerten Frau aufzusuchen, dem jungen Neuling so verlockend deucht.

Seltsam war der Umstand, daß die glückliche Sicherheit, die ihr Auftreten bekundete und die man ihrer Stellung augenscheinlich beimaß, dennoch mit den Gerüchten, die sie umgaben, keineswegs übereinstimmen wollte. Wer war der Fürst Foscolini-Winterstein? Öffentlich ließ jedermann gelten, daß der Gatte der Fürstin jener in der Gesellschaft niemals sichtbare Herr unbestimmten Alters sei, der mit ihr den geräumigen Palast bewohnte. Ich hatte einmal Gelegenheit, ihn auf dem Rücksitz ihrer Kalesche Platz nehmen zu sehen. Er war ohne Aufwand gekleidet, hatte ein gelbliches, sorgenvolles Gesicht und die ergrauenden Haare in seine eingesunkenen Schläfen gebürstet. Sprach man vertraulich von der Fürstin, so war von ihrem männlichen Begleiter nie anders als von einem entfernten Verwandten ihrer Familie die Rede, der bei ihr eine Art von Haushofmeister- und Sekretärposten versehen sollte. Dagegen lebte der wirkliche Fürst, ein Sonderling wie man sagte, zurückgezogen auf seinen in Toscana gelegenen Besitzungen. Ob die Gatten durchaus getrennt seien, hierüber wußte das on dit nichts Sicheres beizubringen, doch behauptete es, daß die Fürstin in keineswegs glänzenden Vermögensumständen lebe. In Wien sollte sie unter dem besonderen Schutze einer sehr hohen russischen Persönlichkeit stehen. Hatte man gute Gründe, sie der Klasse jener Frauen von vornehmer Herkunft und unbestimmbarer Lebensweise zuzuzählen, denen die alte Gesellschaft gleich den männlichen aristokratischen Aventuriers eine Stellung zubilligte, die sie durch ihre Erscheinung und ihr Auftreten forderten?

Ich meinerseits war nicht neugierig, diese Einzelheiten zu erfahren. Mußte es mir nicht genügen, sie, die für mich im Mittelpunkt alles Glanzes stand, aus der Entfernung zu bewundern? Die vornehmsten Weltmänner Europas sah ich sich um sie bemühen, ein französischer Emigrierter, Marquis Desjeantes, setzte, kaum in den Besitz eines Teiles seiner Güter zurückgelangt, die Stadt in Erstaunen durch die verschwenderischen Feste, die er der Fürstin zu Ehren veranstaltete. Ein einziges Mal in jener Zeit erhielt ich Gelegenheit, weniger flüchtig mich ihr zu nähern als eine eilige Vorstellung, ein banales Kompliment dies zuließen. Doch erfuhr ich aus diesem Anlaß, daß sie der Gefühle, die sie mir einflößte, völlig sicher sei. Von einem Winkel des Saales, in dem sie sich aufhielt, hatte ich eine geraume Weile zugeschaut, wie sie die ihr dargebrachten Huldigungen entgegennahm, hatte sie mehrmals der Rede eines Kavaliers, dem es gelungen, sie dem Kreise ihrer Bewunderer für einige Augenblicke zu entziehen, zerstreut zuhören, dann mit Desjeantes wenige, wie mich deuchte, kalte Worte wechseln gesehen. Sie neigte sich lässig ein wenig zur Seite, wie berückend sich da ihre Büste, matt schimmernd, aus dem kurzen Mieder hob. Gleich unter der Brust, wie man es damals liebte, floß die schlichtgelbe Seide ihres Gewandes in so leichten, zierlichen Falten hernieder. Ihre Gestalt, voll und duftig, war wohl einer Teerose zu vergleichen – einer ›russischen Tee‹-rose, so lautete das die Runde machende Urteil des mit Bonmots nicht geizenden Fürsten von Ligne. Mein Blick begegnete dem ihrigen, und er deuchte mich dunkel und schwer von irgendeinem Schicksal.

Um ihren Mund zitterte ein Lächeln, das mich durchdrang und das ich nicht verstand. Ich weiß nicht, warum mir die Empfindung kam, sie sei unglücklich und bedauernswürdig.

Indessen holte man sie zur Quadrille, die sich im Nebensaal ordnete. Ich bemerkte, daß ihr Gegenüber, ein Offizier, plötzlich abberufen wurde. Wie sich im Augenblick kein Ersatz findet, bin ich kühn genug, mich anzubieten. Gleich danach, indem wir zum Tanze antreten, bereue ich es fast. Ich fühle mich schuldig, die Fürstin, die heute durch jede Aufmerksamkeit belästigt scheint, mit meinem Blick, mit meiner stummen Huldigung verfolgt zu haben. Nun wage ich sie kaum anzusehen. Ich bemerke nur, daß eine Gemme, die ich von weitem schon oft am schlichten Sammetband auf ihrem Halse bemerkt, ihr eigenes Bildnis zeigt. Dann heißt es ›en avant les deux‹, und während ich die Fingerspitzen ihrer frei dargebotenen Hand ergreife, höre ich sie leicht und freundlich sagen:

›Sie dürfen mich ganz ohne Furcht ansehen. Sie wenigstens begehren doch nichts von mir?‹

Ich weiß nicht, was erwidern, wir schreiten in langsamer Tanzbewegung umeinander herum.

›Beachten Sie doch‹, beginnt die Fürstin wieder, die mit leichter Kopfbewegung zur Nachbarquadrille hinüberweist, ›beachten Sie doch jenen galanten Herrn, der die Lady G. komplimentiert. Er hofft von England zu erschmeicheln, was er von Rußland durch mich nicht erreicht hat. Suchen Sie auch mit den Augen den stolzen gelben Spanier auf, der drüben unter dem Vorhange steht, die Brust voll seltener Dekorationen – vielleicht besitzt nur er sie.‹

Der Tanz trennt uns; wie er mich mit der Fürstin wieder zusammenführt, gebe ich ihr kund, daß ich die von ihr bezeichnete Person bemerkt habe. Sie sagte darauf:

›Er würde gern zum Zweck gewisser diskreter Dienste, zu denen man heute Edelleute verwendet, dem Botschafter empfohlen sein. Russisch ist doch jetzt die Parole, und ich gelte als halbe Russin, nicht wahr?‹

Jäh trifft mich ein zorniger Blitz aus ihren Augen, die ich nie so südlich heiß gesehen. Wie anders, mild, fast herzlich, blickt sie beim dritten Zusammentreffen auf mich, während sie zu mir spricht.

›Sie sind sicherlich kein Seladon, wenn ich Ihrem Ernst glauben darf, obwohl – nun, die Schäferspiele sind zu Ende gespielt. Aber noch weniger sind Sie ein ärmlicher Ambitiöser von der heutigen Sorte, und ich halte Sie der Narrheiten und Bosheiten nicht fähig, mit denen uns Liebe und Ehrgeiz verfolgen. Ihr Herz meine ich zu kennen, ich fühle, daß Sie ein Freund sind.‹

›Fürstin, ich danke Ihnen‹, stammele ich, während wir uns die große Reverenz erzeigen.

Als wir uns bei der Schlußpromenade die Hände reichen, wage ich es, die ihrige ganz leicht zu drücken, mit leisen hastigen Worten meinen Dank wiederholend, und wie glücklich bin ich, sie den Druck erwidern zu fühlen.

›Ich weiß, ich weiß‹, flüsterte sie, und indem sie so dicht an mir vorübergeht, daß ihr kühles Haar meine Schläfe streift, sagt sie noch halb über die Schulter hinweg:

›Leben Sie wohl, lieben Sie mich!‹

Nun, ich konnte damals nicht ahnen, unter welchen Umständen sie sich meiner Neigung erinnern, zu welchem Ende sie meine Gefühle noch benutzen sollte. Die Erfahrungen, die zu machen ich bei völligem Aufgehen in den mir anvertrauten Staatsgeschäften zu lange versäumt hatte, blieben mir vorbehalten. An jenem Abend des Glückes enteilte ich, ungeduldig mit meinen Empfindungen allein zu sein. Im Weggehen meinte ich von einem bösen Blick des Marquis Desjeantes gestreift zu werden. Die Fürstin kam mir damals nie wieder zu Gesicht. Ich befand mich zwei Tage später nicht auf jenem Ballfest, das durch die Nachricht von der Rückkehr des Usurpators aus Elba, von seinem Triumphzuge schreckensvoll unterbrochen wurde. Alles stob auseinander, die Russen verließen Wien, die Fürstin Foscolini-Winterstein sogleich nach ihnen. Die Diplomatie war von den Ereignissen nach Hause geschickt. Monate vergingen, für die Welt in heftiger Bewegung, für mich in tiefer Stille. Das Leben unserer kurfürstlichen Residenz stellte geringe Ansprüche an mich, so gelang es mir, meine durch die Kongreßgeselligkeit arg zerrütteten Geldverhältnisse leidlich zu ordnen. Nun lag Waterloo hinter uns, das öffentliche Treiben begann wieder, sich nicht mehr ausschließlich militärisch zu zeigen. Reisende von Distinktion, die angesichts der bevorstehenden Verhandlungen den Weg nach Paris einschlugen, passierten unsere Stadt. Zwar war M. nicht unmittelbar an der alten Straße, wie Sie wissen, doch immerhin bequem gelegen, um als Ausruhequartier, zur Vorbereitung auf das letzte bedeutende Stück der Reise benutzt zu werden. So durfte ich mich nicht wundern, eines Tages das Eintreffen von Fürst und Fürstin Foscolini-Winterstein zu erfahren. Eher fand ich den Umstand auffällig, daß sie nicht im Gasthofe abstiegen. Sie hatten, wie ich hörte, durch vorausgesandten Boten eines der geräumigen Bürgerhäuser, die infolge der Kriegsmiseren zur Miete standen, als Wohnung gewählt.

Sogleich am nächsten Tage stellte ich mich bei der Fürstin ein, ihr die Dienste, die ihr allenfalls erwünscht sein möchten, anzubieten. Im Augenblick meines Erscheinens betrat sie von der andern Seite das Zimmer. Lebhaft schritt sie mir entgegen, die Hand zu freimütiger Begrüßung hingereicht. Es war eine volle, nicht kleine Hand, mit vollkommen geformten, sich schlank verjüngenden Fingern, deren Spitzen ganz leicht zurückgebogen waren. Sie hatte etwas Kraftvolles und Offenherzliches, in der Art mancher italienischer Frauenhände, und während ich sie in der meinigen hielt, erinnerte ich mich deutlich, wie das Gefühl, dieser Frau innig vertrauen zu dürfen, mich recht eigentlich seit ihrem ersten Händedruck überkommen war.

Ich war beglückt, als alter Freund von ihr behandelt zu werden. Der Fürst, so berichtete sie, sei plötzlich erkrankt, sie wisse nicht, wie lange man die Weiterreise werde verzögern müssen, überdies erwarte sie einen in Paris bestellten Reisewagen, vor dessen Ankunft sie keinesfalls aufbrechen könne. Im schlichten Hauskleid, das von ihrem reichen Halse ein mäßiges Stück frei ließ, im Sessel mir gegenüber sitzend, bemerkte sie die Richtung meines Blickes.

›Sie betrachten wieder mein Lieblingsschmuckstück, wie Sie, ich erinnere mich, schon früher taten. Sie sind doch nicht wißbegierig, warum ich mein eigenes Bild, wenn auch in kostbarer Ausführung, am Halse trage? Fragen Sie nicht.

Wissen Sie wohl‹, fuhr die Fürstin nach einem Augenblick des Sinnens fort, ›daß die meisten Frauen irgend so ein Amulett besitzen, wiewohl häufig uneingestandenermaßen. Man hat solch ein Ding gerade am Höhepunkt des Lebens angelegt und läßt es nun nicht von sich, in der törichten Hoffnung, der Abstieg müsse langsamer vonstatten gehen.‹

›Wie nehmen sich‹, rief ich betroffen aus, ›wie nehmen sich solche Worte in Ihrem Munde, Fürstin, aus! Sie, die so sicher auf einer den meisten nie beschiedenen Höhe wandeln.‹

Sie sah mich bedächtig prüfend an, bevor sie sagte:

›Wenn dem so wäre, mein Bester, Sie säßen nicht dort vor mir. Die wirklichen Freunde stellen sich erst ein, wenn es zu spät, sagen wir bloß: wenn es spät ist.‹

Beim Weggehen bemerkte ich scherzend:

›Sie sollten nun, Fürstin, unserer bescheidenen Geselligkeit einen Begriff davon geben, was eine Königin der großen Welt bedeutet.‹

Sie drohte lachend mit dem Finger.

›Machen Sie mich nur schleunigst zum Stadtgespräch.‹

In der Tat gelang es mir, das Wohlwollen einer unserer gesellschaftlichen Autoritäten, der alten Frau von D., für die Fürstin zu gewinnen. Seitdem jene Dame einen Empfang zu Ehren der Fremden veranstaltet hatte, erschöpfte sich die Residenz in Bekundungen ihres Interesses, und auf mich, der hie und da mit der Fürstin zusammen einen Salon betreten durfte, fiel ein Abglanz der mit lächelndem Gleichmut von ihr geernteten Erfolge. Doch vermochte ich es törichterweise nicht, mich den Freuden, die mir ihre Anwesenheit, ein fast täglicher Verkehr gewährten, wunschlos hinzugeben. Kaum ihrer Pläne versichert, hatte ich alle meine bisher erworbene Kunst der Intrige aufgewandt, um von unserm hochseligen Herrn, möglichst unauffällig, den Auftrag auszuwirken, daß ich nach Paris zu reisen, des Ergebnisses der erwarteten Verhandlungen mich aus der Nähe zu vergewissern habe. Die aufrichtigsten Gefühle, die jeder Tag weiter zur Leidenschaft hintrieb, drängten mich; doch wenn ich ganz aufrichtig sein soll, so war auch jene eigensinnige Hast der Jugend in mir, jene Angst, irgend etwas zu versäumen, die Gelegenheit eines Erfolges, auf den man eigentlich ohne Ansehen des geliebten Gegenstandes ausgeht, zu verlieren. Die Fürstin mochte während des Morgenbesuches, der mir nun täglich vergönnt war, mein verändertes Betragen wahrnehmen. Ich sei verdrossen, bemerkte sie einmal in freundschaftlichster Weise, nicht durch ihre Schuld, wie sie hoffe. Sie beweise mir, erwiderte ich, mehr Wohlwollen als ich verdiene, allein ich sei so unglücklich, mehr zu wünschen als –

›Doch nicht mehr, als ich gewähren kann?‹ fiel sie ein.

›Oder mehr als Sie wollen?‹

Ihre im Schoß zusammengelegten Hände rangen unmutig die Finger ineinander, um ihren Mund erschien ein herber, nahezu verächtlicher Zug. Sie sagte kurz:

›Es wäre schlimm, wenn ich es wollte – schlimm für Sie.‹

Und nach einer Pause fügte sie hinzu:

›Sie sind mir zu wert.‹

Ich meinte einer gefährlichen Freundschaftsversicherung auszuweichen und zugleich mein Glück auf eine äußerste Probe zu stellen, indem ich bemerkte:

›Wissen Sie. daß der Marquis Desjeantes angekommen ist?‹

›Nun, und –+?‹ versetzte sie schnell aufblickend, und gleich darauf:

›Übrigens scherzen Sie.‹

›Erwarten Sie ihn in allernächster Zeit? Er wird sich nicht versagen wollen, Ihnen aufzuwarten.‹

›Er wird nicht wagen‹, sagte sie fast heftig und mit einem Ton, wie im Selbstgespräch.

Wie unenträtselbar doch alles in einer Frauenseele aussieht für den, der mit Leidenschaft hineinblickt. In mir hatte sich, ich weiß nicht wie, die Vorstellung von einer Rivalität zwischen mir und Desjeantes befestigt. Ich glaubte gut zu spekulieren, indem ich, noch unter der Tür, die Fürstin an ihre vor kurzem getane Ansage der bevorstehenden Abreise erinnerte. Ob ich hoffen dürfe, sie, wenn ich in etwa sechs Tagen aufzubrechen genötigt sein sollte, bald wiederzusehen. Sie reise vielleicht schon früher, entgegnete sie. Das Befinden des Fürsten scheine es zu gestatten, der Fourgon sei für die nächsten Tage aus Paris angekündigt. Ich schöpfte Hoffnung, während ich sie verließ.

Zu Hause erfuhr ich, Desjeantes sei bei mir gewesen. Zwei Tage später, noch bevor ich ausgegangen war, stellte er sich wieder ein. Er sei durch Umstände länger als vorgesehen in M. zurückgehalten, er wünsche einige flüchtige Bekanntschaften durch mich zu erneuern. Ich fand innerlich, daß unsere Bekanntschaft kaum weniger flüchtig sein möge als irgendeine andere. Wir tauschten wenige kühle Bemerkungen aus. Währenddem meldete man die Fürstin an, und ich ging ihr nicht ohne Überraschung entgegen. Sie hatte ein- oder zweimal in Gesellschaft von Freunden das kleine Haus betreten, das ich damals vor dem Westtore bewohnte. Voll unbestimmter, schwärmerischer Hoffnungen hatte ich seit Wochen die Wohnung wie zu ihrem Empfange geschmückt, die Zimmer zu einem einzigen Blumengarten umgewandelt, als vermöchte ich so den Einzug des Glücks vorzubereiten. Wie sie zwischen mir und Desjeantes mitteninnen stand, überkam mich der Gedanke, es sei nun alles wieder an der Stelle wie damals in Wien, nur daß der Duft der keusch beginnenden Neigung verflogen, enttäuschte Leidenschaft ein stummer Zeuge sei.

Sie sei nur gekommen, erklärte die Fürstin, weil sie mich bitten wolle, ihre nahe bevorstehende Abreise zu dementieren. Sie habe gehört, daß eine ihr zu Ehren vorbereitete Abendgesellschaft beim Minister von St. in Frage gestellt sei, sie wolle aber niemandem vergebliche Mühe bereitet haben. Keinesfalls verlasse sie schon morgen die Stadt, ja, wegen neuerdings eingetretener Hindernisse könne ihr Aufenthalt sich wohl noch wochenlang hinziehen, die Reise nach Paris am Ende ganz unterbleiben.

Sie liebkoste mit unruhiger Hand einen im Glase auf dem Tisch stehenden Blütenzweig, den ich ihr, bevor sie sich verabschiedete, anbot. Wir hörten das Hofgitter zufallen, ihre Kalesche davonrollen. Gleich darauf verließ mich Desjeantes, und wenige Augenblicke danach trete ich selbst aus dem Hause. Ich sehe den Marquis ein paar hundert Schritte vor mir in der Richtung der Stadt gehen, endlich hinter der Straßenbiegung verschwinden, und zugleich wird von der andern Seite leise mein

Name gerufen. Mich umwendend, erblicke ich die Fürstin, die, augenscheinlich in höchster Erregung, mir Zeichen gibt, ich solle ins Haus zurückkehren. Sie folgt mir auf dem Fuße, schließt die Tür hinter uns, sie hat alle Haltung verloren.

›Rette mich‹, so ruft sie ganz dicht, ganz dicht an meinem Gesicht, ›rette mich, Geliebter, vor den Nachstellungen eines Elenden!‹

Sie liegt wie kraftlos an meiner Brust, ich flüstere heiße Worte in ihr Haar hinein. Ja, sie liebe mich, wiederholt sie auf mein Drängen, aber sie spricht wie im Traume.

›Die Gemme!‹ so schreit sie plötzlich voll Angst auf. Mein Ungestüm hat das Schmuckstück von seinem Bande losgerissen. Sie betrachtet es einen Augenblick und verbirgt es.

›Seien wir vernünftig‹, beginnt sie mit gemäßigtem Tone. ›Ich muß fliehen. Mein Freund, wollen Sie mir behilflich sein?‹

Indem ich meine Ergebenheit beteuere, muß ich doch den Einwand wagen:

›Aber der Fürst?‹

Sie ergreift meine Hand und blickt mich starr an.

›Muß ich Sie an unseren Abschied in Wien erinnern? Gedenken Sie der Quadrille, als Sie mir dankten, weil ich Ihr Herz vertrauenswürdig fand. Vertrauen Sie nun dem meinigen, fragen Sie nichts. Es genüge Ihnen zu wissen, daß der Fürst —‹

Sie hält einen Augenblick inne.

›Daß mein Begleiter nicht mein Gemahl ist.‹

›Also wann?‹ frage ich.

›Morgen abend, bei Einbruch der Dunkelheit. Ihr Reisewagen steht bereit?‹

›Gewiß. Mein Kutscher —‹

›Ist nicht nötig. Ich habe einen verläßlichen Postillon. Übernehmen Sie das übrige. Beschaffen Sie Pässe, es kann Ihnen in Ihrer Stellung nicht schwer fallen, für Frau von — ein gleichgültiger Name. Verkleiden Sie sich als mein Bedienter.‹

Sie bekundet Eile, hält mich zurück, wie ich sie hinausbegleiten will. Sie ist verschwunden, ehe ich zur Besinnung gelange.

Ich komme diesen und den nächsten Tag kaum zu Gedanken vor Tätigkeit. Ich besorge das von ihr Aufgetragene, rüste alles zur Reise. Am Abend habe ich meine Dienerschaft unter verschiedenen Vorwänden fortgeschickt. Zur festgesetzten Stunde sehe ich die Fürstin vor meinem Hofgitter erscheinen. Während der Postillon die Pferde anschirrt, die Kammerfrau ihm beim Aufpacken der Koffer hilft, sind wir an einen Mauerpfeiler getreten. Beim Schein einer Laterne bemerke ich, wie blaß und verstört ihr Gesicht ist.

›Sie bedauern nichts, Fürstin?‹ forschte ich mit angstvoller Teilnahme.

›Nichts. Die Pässe?‹

›Hier sind sie.‹

Sie öffnet ihren Mantel, um die Papiere wegzustecken.

›Ihre Gemme?‹ frage ich, da ich dieselbe nicht erblicke.

Schrecken und Verwirrung bemächtigen sich der Fürstin.

›O mein Gott‹, ruft sie aus, ›ich kann nicht reisen. Nicht ohne dieses Stück, Sie wissen, wie abergläubisch ich daran hänge.‹

Und als ich mich erbiete, es überall aufzusuchen, wo es sich befinden möge, drückt sie meine Hand.

›Sie werden auch noch dies für mich tun. Gehen Sie nach Hause, man glaubt mich dort auf der Gesellschaft des Ministers und wird Ihnen den Gegenstand ohne Umstände mitgeben. Ich muß fort, alles drängt mich. Nehmen Sie Post und erreichen Sie mich in Neuwerk, wo ich Sie erwarten werde. Nur eilen Sie, wir müssen noch diese Nacht weiter.‹

Ich hülle mich in den weiten Mantel, der meine Bediententracht verbirgt, und eile wie sie geheißen. Wie ich mich noch einmal wende, treffe ich ihren Blick, der mir folgt. Sie versucht zu lächeln, doch ist es ein trauriges Lächeln. Gleichviel; wie glücklich stürme ich dahin, die Brust wie von freiem Frohmut erfüllt. Habe ich nicht die Gewißheit, mich nur noch eines lästigen Auftrages in ihrem Dienst entledigen zu müssen, ehe mich dahinten der andauernde Traum meiner Seligkeit, die schönste, liebevollste Frau erwartet. Mehr und mächtigere Empfindungen, als wir später in Jahren zu fassen vermögen, drängen sich einer solchen kurzen Jugendstunde. Wenn sie enttäuscht werden – haben wir sie darum weniger besessen?

Das Haus der Fürstin finde ich offen, Leute mit Lichtern eilen an mir vorüber, ich steige die Treppe hinan und treffe unter einer Tür mit demjenigen zusammen, den man sonst den Fürsten nannte. Er hält einen Gegenstand in der Hand, den ich für die gesuchte Gemme zu erkennen meine. Sie liegt in einem beschriebenen Papier, das der Mann, wie er mich erblickt, hastig wegsteckt. Er sieht mich starr an, scheint sich die Umstände unserer Begegnung zurechtzulegen und sagt plötzlich:

›Die Fürstin ist abgereist. Der Marquis Desjeantes war soeben hier, um mir diese Nachricht zu bringen.‹

Betroffen blicke ich ihn an. Er erscheint mir verändert, seit ich ihn in Wien gesehen. Seine Haltung ist stark gebeugt, die ergrauten Haare hängen wirr in die hohlen Schläfen hinein, sein Gesicht, voll tiefer Falten, gleicht im unsicheren Schein einer kleinen Lampe, die hinter ihm im Zimmer steht, einer Wachsmaske. Allein das Feuer seiner Augen, seine Erscheinung, seine Sprache haben, ich weiß nicht warum, etwas Imponierendes, so daß ich versucht bin, ihn als den Fürsten anzureden, für den er gilt. Ich komme von der Fürstin und sei beauftragt, die Gemme abzuholen. Er fällt sogleich mit Entschiedenheit ein.

›Ich bin nicht der Gemahl der Fürstin, ich war ihr Diener. Die Fürstin bedarf meiner Dienste nicht mehr, sie ist abgereist. Aber diese Gemme herauszugeben, steht nicht mehr bei mir.‹

›Sie wollten wagen‹, fahre ich unwillig auf.

Er wiegt ruhig das Haupt hin und her und sagt mit kaltem Ton:

›Die Fürstin ist ruiniert, wie Ihnen nicht unbekannt sein kann. Dieser Haushalt ist verschuldet. Nach der Abreise der Fürstin bleibt mir, um den dringlichsten Verpflichtungen, nachzukommen, nur der Erlös der Gemme.‹

›Aber dieses Porträt der Fürstin‹, wende ich mit noch mehr Verwunderung als Ärger ein, ›besitzt einen persönlichen Wert nur für sie selbst.‹

›Der Wert der Gemme‹, erwidert er, ›ist doch vielleicht höher als Sie glauben. Sie trägt das anscheinende Bildnis der Fürstin nur aus der Ursache, daß die Familie Foscolini, deren letzten weiblichen Nachkommen der verstorbene Fürst Winterstein geheiratet hat, ihren Ursprung von den römischen Orsini herleitet. Die Fürstin ähnelt, wie dies in alten Geschlechtern vorkommen mag, auf das täuschendste ihrer Ahnfrau, der Donna Vannozza Orsini, deren Züge der Meister Benvenuto Cellini in Stein geschnitten hat.‹

Seine Worte, die Art, wie er sie vorbringt, überzeugt mich, so daß ich nichts zu erwidern weiß. Doch der Zorn, untätig aufgehalten zu werden, den Wunsch der Fürstin, die mich erwartet, durch die Schuld dieses Alten unerfüllt zu lassen, macht mich nochmals aufbrausen. Ich verlange auf das entschiedenste die Auslieferung der Gemme, widrigenfalls ich mit den Gesetzen drohe.

›Ich erwarte Ihre Obrigkeit‹, entgegnet er so kalt wie vorher und schließt die Tür zwischen uns.

Unschlüssig verlasse ich dieses Haus, gehe die Straße hinab, den Kopf von tausend Gedanken durchjagt, von denen doch keiner mir meine Lage erklärt. Vor dem Gasthof zum Weißen Roß werde ich angesprochen und erkenne den Bedienten des Marquis Desjeantes, der mich einlädt, auf einige Augenblicke einzutreten. Auch der noch, denke ich und will weitergehen. Aber der Mann dringt in mich, sein Herr habe mir Wichtiges mitzuteilen. Zugleich höre ich die Stimme des Marquis, der mir auf der Schwelle entgegentritt und mich in den niedrigen leeren Saal hineinzieht. Ein Winkel ist von zwei Kerzen erhellt, daneben auf dem Tische steht eine halbgeleerte Weinflasche. Desjeantes, in Gesellschaftskleidern und sehr bleich, nimmt seinen Platz wieder ein, indem er beginnt:

›Welch feine Komödie, mein Lieber, Sie sich da haben vorspielen lassen!‹

Ich will aufbegehren. Er macht eine abwehrende Handbewegung und fährt fort:

›Bereiten Sie sich doch keine Ungelegenheiten! Haben Sie auch jetzt noch die Meinung von der Fürstin, daß es sich verlohne, Händel ihretwegen zu beginnen, so eilen Sie ihr lieber nach. Sie muß in diesem Augenblicke über Neuwerk hinaus sein, und Sie, mein Freund, mögen versuchen, mit den Postpferden Ihre eigenen guten Renner einzuholen.‹

Meine Bestürzung bemerkend, lächelt er, mit mehr trübem als höhnischem Lächeln, und schenkt ein Glas voll. Nachdem er selbst den Inhalt des seinigen hastig hinuntergestürzt, sagt er:

›Trinken Sie, mein Lieber, trinken Sie – wie ich trinke. Daß ich Ihnen dies alles anvertraue, geschieht nur aus – sagen wir aus kameradschaftlichem Mitgefühl. Sie haben nun wohl ebenfalls genug bezahlt für die Erfahrung, die ich mir auf eine andere Weise erkauft habe.‹

›Und die wäre?‹

›Daß die Fürstin eine einfache Abenteurerin ist. Sie wissen wohl nicht, daß sie in Wien den Großfürsten mit mir hintergangen hat? Da Sie es sind, dem ich dies verrate, ist es keine Indiskretion, haben Sie selbst doch wohl schon ihre Zusage gehabt, auf Kosten desjenigen glücklich gemacht zu werden, der die Fürstin in Paris erwartet.‹

›Wer?‹ frage ich schnell.

Er zuckt die Achseln. Nach einer Pause, indessen er eine neue Flasche anbricht, sagt er:

›Die Abenteuer der Fürstin werden zu verwickelt. Man läuft Gefahr, selbst hineinzugeraten, indem man nur von ihnen spricht. Doch ist hundert gegen eins darauf zu wetten, daß es jetzt schnell mit ihr zu Ende gehen wird.‹

Da er sich in den Wein vertieft, ohne meine Gegenwart weiter zu beachten, und ich manche seiner Worte meine seiner Trunkenheit zuschreiben zu müssen, wende ich mich zum Gehen.

›Ich will Ihnen noch das eigentliche Geheimnis dieser Frau verraten‹, ruft er mir nach, und als ich schon unter der Tür bin:

›Sie verlangt, mit Füßen getreten zu werden.‹

Wie ich diese Nacht zubrachte, ist mir immer unbekannt geblieben. Später habe ich mir eingebildet, ich sei damals in schwarzer Finsternis nach Neuwerk hinausgelaufen, ohne von der Fürstin eine Spur zu finden. Jedenfalls war ich am Morgen äußerst erstaunt, mich in Bedientenlivree auf meinem Bette anzutreffen. Mein Zustand während der nächsten Tage ist in meiner Erinnerung gleichfalls verlorengegangen. Indessen wurde mir nach etwa zwei Wochen meine Reisekutsche samt meinen Pferden unbeschädigt vors Haus gefahren. Der Postillon, der gut entlohnt sein mußte, da er von mir durchaus nichts

annahm, übergab mir einen Brief, der nur diese Worte enthielt:
›Verzeihen Sie einer armen Seele und bleiben Sie mein Freund.
Teresa.‹ Ich habe von der Fürstin nie mehr etwas vernommen,
und da ich ihrer nur als der Unglücklichen gedenke, für die sie
selbst bei mir zu gelten verlangte, so möchte ich fast wünschen,
es habe, nach der Verheißung des Marquis Desjeantes, ein
schnelles Ende mit ihr genommen – wenn es denn schon beschlossen ist, daß das Schöne untergehe mit dem Gemeinen.
Dura lex, sed lex«, so endete der Hofrat seine Erzählung.

»Und die Gemme?« so fragten wir Hörer nach einer Weile
des Schweigens.

»Ja, die Gemme«, erwiderte der Alte, »sie war der greifbare
Rest, der von einem Erlebnis, das ich trotz allem nicht missen
möchte, zurückzubleiben schien. An ihr, die sie zurückließ, bevor sie die Brücken hinter sich abbrach, schien die Fürstin wie
an dem besseren Teile ihrer selbst zu hängen, und wenn ich die
Gemme besaß, diese Einbildung faßte in mir Wurzeln, so war
vielleicht das Wünschenswerteste mein von dem, was ich be-
gehrt hatte. Ich wußte damals den mir gewordenen Auftrag einer Reise nach Paris rückgängig zu machen, ich verfolgte den
plötzlich verschwundenen Begleiter der Fürstin, ohne ihn auf-
finden zu können. Später ward er, in ärmlicher Kleidung, in
italienischen Museen bemerkt, die Gemme, nach der man ihn
in meinem Auftrage fragte, behauptete er, verkauft zu haben.
In den Katalogen der Antiquare, die zu den Gegenständen meines Hauptstudiums wurden, gelang es mir nie, sie zu entdecken. Ist es aber zu verwundern, daß mit der Zeit, während ich
in die Kunst der Kennerschaft weiter eindrang, und meine wie
zufällig angelegte Sammlung sich vermehrte, neben jener Ju-
genderinnerung auch der hohe Wert eines Meisterwerkes des
Cellini meine begehrliche Phantasie aufstachelte? Zwar kann
ich für diesen Wert keine anderen Beweise beibringen als meine
persönliche Erkenntnis, und diese ist durch einigermaßen
dunkle Erlebnisse erworben, mit denen ich Sie, meine Freunde,
vielleicht allzulange aufgehalten habe.«

»Mögen diese Erlebnisse«, so bemerkte Eduard G., »immerhin dunkel oder planlos erscheinen – aber eine wie

wohlgeordnete und glückliche Lebenseinrichtung ist doch aus ihnen hervorgegangen.«

Der Alte lächelte still vor sich hin. Doch mochte ihm seine Erzählung näher gegangen sein, als er merken lassen wollte, denn während er nun die vor ihm auf dem Tische liegende Gemme aufnahm, zitterten seine Hände so heftig, daß einige Blätter der zierlichen Ranke, die den Stein auf seiner Goldplatte befestigte, sich verbogen. Der Hofrat stieß plötzlich einen Laut des Schreckens aus; die Einfassung der Gemme war zur Erde gefallen, es blieb ihm nur der schlichte Stein in Händen. Wie einer von uns ihm das Verlorene zurückreichen wollte, sahen wir seinen Blick mit unverwandter Aufmerksamkeit auf die Rückseite des Steines geheftet. Wir konnten nicht umhin, dem Alten über die Schulter zu schauen und lasen, was dort mit feiner Perlschrift eingegraben stand.

A Teresa Dagnuolo. Ricordo d' un amore indistruttibile. Paolo Princ. Foscolini-Winterstein faciebat.

»Ach, welche Überraschung, und welch seltsame Enttäuschung«, so riefen wir unwillkürlich aus. Eduard tat nach einigem Besinnen die Frage:

»Teresa Dagnuolo, war dies nicht der Name einer jener bonapartistischen Verschwörerinnen, deren Entlarvung und deren Verschwinden in den ersten Jahren der französischen Restauration solches Aufsehen erregte?«

»Diese Entdeckung«, so fügte ich hinzu, »würde den in Wien von der Fürstin unterhaltenen Beziehungen zum Groß-fürsten und zu dem emigrierten Marquis eine ungeahnte Be-deutung verleihen.«

Der Hofrat blickte auf.

»Vielleicht«, so sagte er leise. »Es möchte indessen die Iden-tität einer jener Abenteurerinnen mit derjenigen, die in meinen Gedanken immer Teresa Foscolini-Winterstein heißen wird, heute nur schwer festzustellen sein.«

»Und der Fürst«, so begann ich wieder mit erneuter Über-raschung. »Er war es also doch?«

»Er war es also doch«, wiederholte der Alte mit stillem Ni-cken und fuhr dann lebhafter fort:

»Er, der dieses Kunstwerk verfertigte, hatte wohl recht, darauf zu schreiben, daß er es in unzerstörbarer Liebe getan. Denn was hat die, bei der er ausharrte, nicht verschuldet, um ihn zu verlieren! Sie hat ihn ruiniert, sie hat ihm den Fuß auf den Nacken gesetzt.«

»Weil er nicht verstand, ihr das gleiche zu tun«, erlaubte ich mir einzuschalten, in der Erinnerung an die Worte des Marquis Desjeantes.

»Er hat ihr«, so fuhr der Hofrat fort, »alles geopfert, auch seinen Namen. Um ihr Leben auf einer künstlichen Höhe zu erhalten, hat er sich für ihren Diener ausgegeben. Er hat alle Schmach auf sich genommen und ist ihr bis an die Schwelle des Verderbens gefolgt, die er mit ihr überschritten hätte, wenn dies bei ihm gestanden wäre. Seine Liebe zu ihr – oh, wie erkenne ich sie und wie sehr war sie von der meinigen verschieden –, seine Liebe zu ihr ist in allem ihren unterwürfigen Elend so stark gewesen, daß sie zum Talisman ward für die Frau, die sie verschmähte: Die Geschichte der Gemme scheint mir dies zu bestätigen.«

Nach einer Weile vollendete der Hofrat:

»Sie meinten, die nun gemachte Entdeckung sei für mich eine Enttäuschung? Sie ist es nicht, meine Freunde. Denn während dieser anscheinende Zufall mir meine Jugenderfahrungen in ein bedeutsames Licht wendet, lehrt er mich einen großen Künstler kennen und zugleich einen Menschen, den ich auf das tiefste, ich weiß noch nicht ob verachten muß oder bewundern.«

Contessina

An der Hand ihrer Bonne geht Contessina langsam, mit kleinen mühsamen Schritten durch den von der Frühlingssonne gelockerten Strandsand. Auf dem weißgekrönten Meerblau, inmitten eines fast harten Glanzes zeichnet sich die schmächtige Silhouette des kleinen Mädchens ab, mit ihren schüchternen kurzen Bewegungen.

Ihr Haar sonnt sich, ein goldner Mantel, zu schwer für die schmalen Schultern, in dem mächtigeren Gold des Lichtes, aber ihre Augen vermögen den Glanz nicht auszuhalten. Contessina läßt den Blick über die Berge, jenseits des Pinienwaldes, weit dahinten zu ihrer Rechten, schweifen, wo die Blendung der schon gegen Mittag steigenden Sonne weniger stark ist. Im Weiterwandern schaut sie in versteckte Täler, in schmale Hohlwege hinein, deren lauschende grüne Stille von dem mattsilbernen Band eines kleinen Kanals durchzogen wird. Doch in Contessinas große dunkle Augen tritt nichts von der Stimmung der Landschaft ein, auf der sie ruhen, so wenig von ihrem innigen Schweigen wie von ihrem lauten Glanze. Ohne gerade traurig zu sein, sind sie ein wenig teilnahmslos, die Augen des kleinen Mädchens, für ein Alter, in dem auch der unbedeutendste Gegenstand ein ganz frisches Interesse erregt.

Das Kind läßt die muntere Französin plaudern, ohne sich durch die Unterhaltung ermüdet oder angeregt zu zeigen, ohne eine Frage zu stellen oder um eine Erklärung zu bitten. Sie kommen einmal an einem Trupp Fischer vorbei, die mit dem Einziehen der Netze beschäftigt sind, meist alte Leute mit eingetrockneten Gesichtern, gesträubten grauen Bärten, in zerlumpter, bunter Kleidung. Die Weiber sitzen weiter oben am Strande im Kreise, die Knie aneinandergeschoben und die Hände darum hergelegt. Von weitem sind ihre lauten harten Stimmen vernehmlich. Nachdem sie zwischen den beiden Gruppen hindurchgeschritten ist, von links den stummen Gruß eines alten Mannes, von rechts den Zuruf eines Weibes: »Gott segne unsere Contessina!« erhalten hat, stellt die Kleine, ein Stückchen weiter, die erste Frage an ihre Begleiterin, und ihre Stimme, die seltsam klangvoll aus dem schwächlichen Körper kommt, zittert leicht, fast ängstlich:

»Sind das denn auch Menschen?« fragt sie.

Die Bonne lacht lustig auf.

»Aber Contessina!«

Da der Mistral, der gegen Mittag aufkommt, sich bemerkbar macht, überschreiten die beiden eine kleine Brücke, waten quer zwischen den gebleichten, verwehten Dünen hindurch, und dann sind sie in der Pineta. Auf dem festen Waldwege wird Contessinas Schritt sicherer, im Schatten der hohen, geraden Stämme ihre Stimme fester, und sie plaudert ein wenig. Was man heute nachmittag beginnen werde, ob Mama gut geruht habe? – Oh, sie weiß, wieviel für sie selbst an Mamas gutem Schlafe liegt.

Der Fußweg verbreitert sich, nun läuft eine herrschaftliche Fahrstraße daneben her, und schon tritt das Schloß zwischen den Bäumen hervor. Das niedrige, graue, weitflügelige Gebäude liegt dort, vornehm zurückgezogen, im Grunde seines ungeheuren Parkes eingeschlafen – seit wie lange? Contessina weiß es. Es ist so still, und die grünen Jalousien der Vorderseite haben sich fast nie mehr geöffnet, seit Papa gestorben ist. Und dies war sehr bald, nachdem sie selbst zur Welt gekommen. Er ist gestorben, und obwohl alle ihn entschwinden gesehen haben, weiß doch niemand, auch Mama nicht, recht zu sagen, auf welchem Wege er das Leben verlassen. Er ist so dahingegangen. Seither hat Mama niemand mehr sehen wollen und sich mit seinen Bildern eingeschlossen. In jedem Zimmer befindet sich eines davon, und es hängt ein Teppich von der Staffelei, und es steht ein Schemel davor, fast als ob es ein Betschemel wäre.

Die arme Mama ist oft krank, so daß Contessina sie nicht sehen kann, heute aber ist es ein gutes Zeichen, daß sie schon aus der Loggia der Gartenseite herabgrüßt. Die Kleine wird zu ihr geführt und empfängt eine stürmische, zitternde Umarmung. »Meine Elena! Meine Elena!« Jedesmal mit dem leidenschaftlichen Ton, als ob sie das Kind schon sich entrissen geglaubt hätte.

Dann streckt Mama sich auf der Ottomane aus, breitet ihr dunkles Kleid über die matten Farben des Teppichs und legt die Arme wieder um das Kind, das auf einem Kissen an ihrer Seite sitzt. So bleiben sie, regungslos aneinandergeschmiegt, dem großen Bilde eines bleichen hohen Mannes gegenüber, der, obwohl sie noch da sind, der Letzte war. Die Mutter, aus dem gleichen Geschlechte, und Contessina, sie sind nur wie der Nachhall des letzten Akkordes von einem alten Liede, das nun beendet ist.

Die Mutter beginnt zu erzählen mit ihrer bald heftig und hastig flüsternden, bald langgezogenen und eintönigen Stimme. Sie erzählt von ihrem Leben mit dem Papa; wie damals das Haus voll Licht und Menschen gewesen jeden Sommer, und wie sie mit ihm allein weit aufs Meer hinausgefahren. Aber im Winter haben sie in einer großen Stadt, die Florenz heißt, gelebt, wo viele Paläste nebeneinander stehen, in denen es jeden Abend Licht und Menschen gibt und vor denen das Equipagenrasseln nicht aufhört.

Im Halbdunkel des weiten Gemaches, weit in die Arme der Mutter gelehnt, läßt Contessina sich einlullen von den Erzählungen, die wie Märchen klingen. Aber in das behagliche Dämmern ihrer kleinen Kindergedanken schleicht sich, unmerklich und unverstanden, die Ahnung, daß sie selbst das alles, wovon sie hört, nie, nie erleben und besitzen werde. Und doch ist dies eine Ahnung, die Kindern heim Anhören von Märchen nicht zu kommen pflegt.

Die Mutter hat wohl recht, die Gesundheit der Kleinen zu hüten wie sie es tut, denn Contessina mag wirklich noch empfindlicher sein als man's ihr ansieht. Einmal, vielleicht das erstemal, daß sie allein aus dem Hause getreten, hat es sich gezeigt. Es war der erste Frühlingstag, so jung, daß er von aller Jugend und Fröhlichkeit verlangte, so lebenverheißend, daß das kleine Mädchen ein ganz neues, springendes Leben pulsen fühlte. Mit trippelnden, des Laufens ungewohnten Schritten sprang sie die Lichtung hinab, sprang mit Lachen und Jauchzen einem blauen Falter nach. Da erstarb ihr plötzlich der Ton im Munde, es war bei dem runden steinernen Brunnen, der die Mitte der Lichtung einnimmt, wo die Kleine bewußtlos hingefallen war. Als man sie ihrer entsetzten Mutter zugetragen hatte und sie erklären sollte, was ihr geschehen:

»Du hast mir doch«, sagte sie, »von dem Schutzengel erzählt, der jedes Kind vom Himmel herab festhält, daß es gerade und ohne Gefahr weitergehen kann? Ich glaube fast, mein Engel hat eben einen Augenblick seine Hand von mir gezogen.«

Es ist wieder der Morgen eines Frühlingstages und Contessina tritt auf die Terrasse hinaus; diesmal ohne Begleitung, denn sie ist nun fünfzehnjährig.

Auf der grauen Mauer des Hauses bildet ihre Gestalt einen hellen Fleck mit verschwimmenden Konturen. Es ist die Zeit, wo ihre Linien sich bilden sollen, nichts steht noch fest außer etwa der schlanken, allzu zerbrechlichen Form ihrer Füße und Hände. Aber die Arme des jungen Mädchens sehen ein wenig lang und hager aus ihren weiten Ärmeln hervor, die auch die Schmächtigkeit der Schultern nicht verhehlen können. Es liegt in den überschlanken Linien der Hüften und der jungen Brust eine fast leidende Anmut, die gewiß nichts Bleibendes bedeutet. Nur die Umrisse des Gesichtes zeichnen sich unter dem Haar, das nicht mehr wie das des Kindes über Stirn und Nacken fällt, sondern locker von allen Seiten aufgenommen ist, mit bestimmterem Ausdruck. Die Stirn ist ganz leicht gewölbt, doch nicht hoch, die Nase, ein wenig aufgeworfen, bildet einen kecken Gegensatz zu dem zu spitzen, kränklich aussehenden Kinn und dem so zarten Ansatz des Halses, besonders aber zu dem seltsamen Ausdruck des übergroßen schwarzen Auges. Man findet wohl, daß Contessinas Auge nichts ausspreche, aber man ahnt, daß es gleichwohl nicht inhaltlos sein kann. Es fehlt darin das Zittern und Glänzen von Hoffnungen, in einem Alter, wo alles uns Hoffnungen macht. Zuweilen nur kommt in die tiefe Stille ihres Blickes eine vielleicht unbewußte Regung wie ein Suchen und Fragen; doch geht es vorüber.

Contessina schreitet langsam und ganz leicht vornübergeneigt an den Strand hinab. Die Sonne, so voll sie nun, da das junge Mädchen den breiten Strohhut in der Hand trägt, ihr Haar trifft, vermag es nur noch selten erglänzen zu machen. Es schillert nur noch darin wie ein Rest des Goldflitters, den sich die Kinder zu Epiphanias ins Haar streuen. Die warmen Töne von Contessinas Kinderhaaren sind ganz verblaßt.

Sie wandert gleichmütig geradeaus, mit weichen, ein wenig schläfrigen Bewegungen, den Blick niemals auf einen einzigen Gegenstand, auf eine bestimmte Aussicht geheftet. Das sonnige Meerblau und der grünviolette Talduft haben ihr noch ebensowenig süße Geheimnisse zu verraten wie damals. Gewiß würde sie nicht mehr fragen, ob denn die Fischer, über die ihr Blick hinweggleitet, auch Menschen seien; aber sie fühlt, daß diese Menschen einer andern Rasse angehören als sie selbst, daß sie eine Sprache reden, die, wenn sie die gleichen Laute wie die ihrige hat, doch ihr fremd ist.

Und wer spräche denn eigentlich ihre Sprache, die ihr so recht verständlich wäre. Gewiß nicht der gute alte Dorfgeistliche, der ihre geistlichen Übungen leitet und ihr die Beichte abnimmt, gewiß auch nicht die deutsche Erzieherin, die der französischen Bonne gefolgt ist, weniger Lustigkeit als diese und mehr Kenntnisse besitzt. Nicht einmal Mama, so fürchtet sie manchmal. Oh, sie hat Mama unaussprechlich lieb, und sie empfindet noch immer die gleichen, schmerzlich-süßen Schauer, wenn Mama sie in die Arme nimmt und ihr vom Vater erzählt. Aber mitten in solcher Stunde dämmert in ihrer schlummernden Seele eine ferne Ahnung auf, als ob das Leben nicht nur solchen Schmerzen, nicht solchen wunden und blassen Erinnerungen geweiht sein müßte. Vielleicht sind es gerade die Augenblicke, in denen ihr Auge zu suchen und zu fragen scheint. Sie hat schon oft gefühlt, daß dann etwas Fremdes, ihr Unheimliches in ihr vorgeht, aber der Abbate, dem sie es anvertraut, hat sie beruhigt, es sei keine Sünde. Doch empfindet sie's als solche, und sie betet, daß es ein Ende nehmen möge.

Ach, sie hat noch mehr abzubitten, die arme Contessina. Es kommt vor, daß sie vor ihrem Spiegel stehenbleibt, vor dem reizenden weißen Rokokospiegel, den Mama ihr geschenkt hat, und in ihrem Gesichte die Züge heraussucht und mit dem spitzen Finger nachzieht, die sich denen Mamas ähnlich herauszubilden scheinen. Und daß auch das Haar so matt und glanzlos werden muß wie das ihrige! Es ist ihr fast, als müsse sie darum auch Mamas mattes und freudloses Leben fortführen. Dann überkommt sie ein heftiges Grauen vor ihren eigenen Gedanken, und sie eilt, sich auf die Knie zu werfen vor dem großen silbernen Kruzifix, das von der weißseidenen Wand ihres Mädchenzimmers auf sie herabblickt. Den kleinen Kopf zwischen den Händen auf der Atlasdecke des Betschemels, wäscht sie mit ihren Tränen für ein paar Stunden die Leiden hinweg, deren Namen sie nicht kennt.

Als Contessina heute ihren täglichen Spaziergang, am Strande entlang und in der Pineta zurück, beendet hat, wird sie sogleich zum Frühstück gerufen. Mama zeigt sich ein wenig heiterer als gewöhnlich, sie ist innerlich mit irgend etwas beschäftigt. Nach Tische legt sie den Arm um den Nacken der Tochter und zieht sie nicht in ihr schattiges Boudoir, sondern hinaus in die Loggia.

»Meine Elena«, sagt sie dort, »wir werden morgen Besuch erhalten.«

»Besuch, wir?«

»Es erschreckt dich, mein Kind?«

»Nur weil wir noch nie Besuch hatten, Mama.«

»Es ist der Besuch eines Bildhauers aus Florenz, dem ich einen Auftrag erteile.«

Als Contessina schweigt, fährt sie fort.

»Meine Elena, du wirst nächstens fünfzehn Jahre alt und bald erwachsen sein. Nun mußt du noch besser wissen als du es bisher gewußt hast, daß dein Vater ein Mann war, wie du ihn nicht edler, nicht verehrungswürdiger im Leben finden kannst. Es ist unmöglich. Und dann war er mehr für uns als dieser Mann und mehr als dein Vater: er war auch der Letzte unseres Geschlechts, und die ruhmreiche Familie, die wir hinter uns im Schatten fühlen, sie ist unsere wahre Gemeinschaft, unser Umgang, den wir pflegen müssen wie den Verkehr mit dem Heiligen.

Das ist wohl deine Meinung wie meine eigene, ich weiß es, meine Elena, wie wärest du sonst meine Tochter? Aber es ist gut, vor Augen zu haben, woran das Herz denkt, und so soll der Künstler, der morgen eintrifft, uns von der teuren Figur deines Vaters ein lebensgroßes Steinbild schaffen, das wir in dein Zimmer stellen werden.«

Contessina lehnte den Kopf, den sie gesenkt gehalten, ohne aufzublicken gegen die Schulter der Mutter, die den Dank entgegennimmt und mit zärtlichen Fingern den weichen Flaum auf dem zarten Nacken des jungen Mädchens streichelt.

*

»Sie kommen von Florenz?« fragt Contessina auf einer ihrer nächsten Morgenpromenaden den Professor.

Er hat sie hinaustreten sehen von seinem Atelier aus, das ganz am Ende des linken Flügels liegt, wo nun zwei der grünen Jalousien immer weit offenstehen. Da ist er herabgestiegen und hat sich ihr ohne Umstände angeschlossen. Er ist ein Herr Mitte der Vierziger, von muskulöser Gestalt, mit breiten kräftigen Fingern, einer lebhaften Gesichtsfarbe, borstigen Haaren, die hier und da ergraut sind wie der energische Knebelbart. Die gekniffenen Augen verraten Klugheit und Fröhlichkeit. Manchmal zeigt er eine beinahe zu laute Fröhlichkeit für soviel Klugheit.

»Von Florenz, Contessina«, erwidert er.

»Das soll eine sehr schöne Stadt sein?«

»Wie? Sie müssen sie doch kennen?«

»Ich bin noch nie dort gewesen.«

»Unmöglich! Die Reise ist doch so kurz.«

»Aber Mama liebt auch kurze Reisen nicht, und dann – was sollte ich dort tun?«

»Sich sehen lassen! das heißt, ich bitte um Verzeihung. Aber glauben Sie denn, Contessina, daß Erscheinungen wie die Ihrige gar so häufig sind?«

Er mißt sie mit ungeniertem Kennerblick, während er lebhaft weiterspricht.

»Daß Sie im letzten Fasching nicht dort waren! Sie hätten ja eine Figur des Botticelli gemacht, den jetzt alle lieben. Stellen Sie sich doch das bunte Gewoge unter den Lichtern vor, und alle sind da, um Ihren Triumph zu feiern, der sich auf der Straße fortsetzt, wenn Sie Ihren Wagen besteigen. Das Volk läßt Sie hochleben!«

Er spricht mit weiten, begeisterten Armbewegungen. Contessina hält den Blick gesenkt, in ihre Wangen ist eine schwache Röte gestiegen. Einen Augenblick, gleichsam nur zwischen zwei Gedanken, hat sie die Möglichkeit offen gesehen, als könnten seine Reden zur Wirklichkeit werden. Aber das ist gleich vorbei, und sie hört ihm weiter zu, wie sie ehemals den Erzählungen Mamas von ihren eigenen Triumphen zuhörte – als seien es Märchen –, aber fast ganz ohne Traurigkeit, denn es ist schwer, in der Gesellschaft des Professors traurig zu sein.

Selbst Mama wird während der Mahlzeiten hin und wieder so von ihm aufgeheitert, daß Contessina sie kaum wiedererkennt. Die Mahlzeiten, die sonst zu zweien so schweigsam vor sich gingen und, für jeden Gang zehn Minuten gerechnet, genau vierzig Minuten in Anspruch nahmen, währen jetzt häufig zwei Stunden. Es wird gelacht, Anekdoten erzählt, von Reisen und von der Welt gesprochen. Als Contessina zuerst die laute offene Stimme des Professors gehört hat in diesen Räumen, in denen alle halblaut sprechen, hat es sie fast erschreckt. Aber mittlerweile scheint es, daß seine Stimme das ganze Haus ausgefüllt hat. Er unterhält überall Geräusch und Bewegung. Von seinem Atelier ruft er Befehle über die leeren Galerien, die breite Treppe hinab, und die alten Diener müssen springen und tun es nicht einmal ungern.

Niemand ist mit seinem Betragen unzufrieden, auch Mama nicht, denn es bleibt immer achtungsvoll und zuvorkommend. Die Veränderungen, die er mitgebracht hat, sind die des Lebens selbst, das in diese Stille eingezogen ist, und wer vermöchte ihm zu widerstehen?

Der Professor begleitet Contessina jeden Morgen. Trifft sie ihn drunten auf der Bank in der Lichtung noch nicht an, so klatscht sie in die Hände, er zeigt sich am Fenster in seiner weißen Schürze, ruft hinab: »Nur einen Augenblick, Contessina, mir die Hände zu waschen«, und dann brechen sie auf. Indes schlagen sie nicht mehr regelmäßig den alten Weg ein. Es kommt vor, daß sie durch das Dorf, das Contessina kaum kennt, zwischen grüßenden Weibern hindurchgehen, um dann auf der anderen Seite am Strande ihre Promenade fortzusetzen, wo die Fischer ihren Hauptarbeitsplatz haben. Dort bleiben sie manchmal stehen, bis das lange Netz, das an endlosen Tauen ans Land gewunden wird, auftaucht. Dann treten sie näher und betrachten, im Kreise der Leute, deren Berührung Contessina noch nie gefühlt hatte, den Fang. Zuerst krallen magere Finger sich in die mächtigen, durchsichtig schimmernden Quallen, die dem Meere zurückgegeben werden, und was dann am Grunde des Netzes zurückbleibt, sind häufig nur noch einige Dutzend ärmlicher Silberfischchen. Im Weitergehen rechnet ihr der Professor den Gewinn vor, den die Leute aus dem Verkauf ziehen werden. Contessina hat noch nie gewußt, wieviel man zum Leben braucht, aber daß es so wenig sei, hätte sie gleichwohl nicht geglaubt.

Sie lernt das Leben beobachten und daran teilnehmen; aber sie erfährt noch mehr. Wenn sie einmal noch gegen Abend ausgegangen sind und bei sinkender Sonne heimkehren, sehen sie an den Stämmen der Pinien silberne Flämmchen emporzüngeln, die auch in den Kronen ihren glänzenden Brand entzünden.

»Sehen Sie«, sagt der Professor, »wie zwischen den Stämmen hindurch, und durch die Lücken der Nadelbuketts erblickt, das wolkige Violett der Abendberge sich noch einmal zum tiefen Azur belebt.«

»Wirklich!« bestätigt das junge Mädchen, und ganz eingenommen von der großen Szenerie des Sonnenunterganges macht sie selbst ihre Bemerkungen.

»Welch ein buntes Gemisch von Farben in unsern Fußtapfen im tiefen Sande!«

»Die Sonne malt Farbentöpfe.«

Sie treten in die Pineta ein, wo Contessina auf die von weitem ihren seltsamen Duft sendenden gelben Distelblüten aufmerksam wird.

»Wie sie zittern! Man sollte meinen, die Sonne wollte sie so herunterstreifen wie – wie –«

»Wie klingendes Gold«, ergänzt der Professor.

Contessina entdeckt in ihrem Innern, das ihr im Verkehr mit dem Professor bisweilen ganz neu vorkommt, eine gewisse Vermittlung zwischen Natur und Kunst, die etwas Beglückendes für sie besitzt. Es ist eine still-heitere, seltsam zufriedene Stimmung, die solche Stunden hinterläßt.

Zwar können ihre Stimmungen nicht immer gleichbleiben. Eines Morgens fragte der Professor, bald nachdem er sich zu ihr gesellt hat:

»Sie sind heute traurig, Contessina.«

Sie blickt ihn ruhig an, fast erstaunt.

»Ich bin nicht traurig.«

Sein Blick hat ihre Augen gestreift, nur so flüchtig, aber es entfährt ihm ein fast erschreckter Ausruf:

»Arme Contessina!«

Es ist ein Ton, der ihr Herz unruhiger schlagen macht. Er hat seine Unvorsichtigkeit bemerkt und entschuldigt sich.

»Verzeihen Sie mir, aber es scheint mir, Sie sind traurig und wissen nicht, daß Sie es sind.

Und wir sollten doch fröhlich sein«, fährt er fort – »angesichts dieses Meeres! Es ist ja ein Blau, in dem man mit Wonne ertrinken würde. Meinen Sie, daß wir wie sonst in den Wald hinaufgehen, wenn der Wind mächtiger wird? Wir wollen lieber bleiben und sehen, wie er alles belebt:

Wie das Leben ist eine Harfe das Meer,

Die nur der Sturm zu spielen weiß –«

so beginnt er mit seiner vollen Stimme in das sich verstärkende Brausen der Wogen hineinzusingen. Contessina hat sich in den Sand niedergelassen. In träumerischer Haltung, das Köpfchen in die Hand gestützt, lauscht sie. Er singt ein Lied, dessen Begeisterung, wie sie selbst dahinstürmt, auch dem Sturme gilt. Und immer klingen, im Refrain, die beiden, dem Sturme geweihten, von ihm getragenen Mächte zusammen, das Leben und das Meer:

»Sooft du lauschest seinen Chören,

Wirst du die Stimmen des Lebens hören.«

»Aber ich höre sie nicht«, sagt, als der Sänger geendet, das junge Mädchen, mit Haltung und Stimme des ängstlichen Horchens.

Der Professor ist betroffen.

»Sie hören sie wirklich nicht? Und es muß sie doch jeder hören.«

Er betrachtet sie wieder mit seinen prüfenden Augen.

»Aber vielleicht – so wird es sein«, sagt er nach kurzem Zögern, »Sie haben wohl zu tief und zu fern in die Stille der Vergangenheit zurückzulauschen, so daß Sie die lauten, grellen Töne des Lebens schwer entwirren.«

Er hat halblaut gesprochen, aber obwohl sie die Worte, die der sich erhebende Mistral von seinem Munde entführt, nicht unterschieden hat, wird sie von ahnungsvollem Schrecken berührt. Er bemerkt auch dies und tröstet sie eilig, mit lauter, lustiger Stimme.

»Aber es wird schon noch kommen, Contessina. Es hört sie ja jeder am Ende. Und Ihr Leben liegt noch ganz im Lichte der Zukunft.«

»Das glauben Sie doch?«

»Wie sollte es anders sein! Und warum kümmern wir uns um Zukunft und Vergangenheit, da doch der Augenblick so schön ist. Kommen Sie!«

Und er beginnt zu phantasieren von den bleiweißen Flecken der Segel am Horizont, die er für gewaltige Wanderschwäne ausgibt, deren Schwingen erhoben wären zum Fluge über die ganze Welt.

»Denken Sie nur, die ganze Welt!«

Er sprudelt über von seiner alten Lustigkeit und reißt das junge Mädchen darin mit.

»Dieser salzige wilde Meeresatem bringt den ganzen Menschen aus der Verfassung. Laufen Sie, Contessina?«

Er klatscht in die Hände. Sie flüchtet lachend. Er ruft ihr nach:

»Wir sind gleich daheim. Sie sind ein Füllen, das dem Stall zuspringt. Ich darf doch so unehrerbietig sein, es zu sagen?«

So geht es durch die Dünen, daß der Sand nach allen Seiten aufspritzt. Beim Eintritt in die Waldlichtung, dem Schlosse gegenüber, ist er ihr dicht auf den Fersen. Sie will sich nicht ergeben. In der Mitte der Lichtung angelangt, laufen sie im kleinen Kreise um den Brunnen herum. Sie reißt sich an der niedrigen Brüstung entlang, um ihm zu entwischen. »Fallen Sie nicht hinein!« ruft er plötzlich. Sie erschrickt ein wenig, und endlich kann er nach ihr greifen.

Ihr Gesicht hat Farbe bekommen, sie läßt ein offenes, glückliches Lachen hören, ihr Atem, der aus vollen Lungen kommt, ist frisch und duftig.

»Sie haben mich aber ganz atemlos gemacht«, stößt er hervor.

Sie lacht:

»Geben Sie mir Ihren Arm.«

Sorglos lehnt sie ihre leichte Gestalt gegen seinen Arm. Langsam, mit zufriedener Müdigkeit gehen sie dem Schlosse zu.

»Sie sprechen nie von Ihrem Werke«, beginnt das junge Mädchen wieder. »Zeigen Sie es mir?«

»Nein, Contessina, das ist mir streng verboten. Sie sollen damit überrascht werden, wenn es ganz vollendet ist.«

»Wohl gar erst nach Ihrer Abreise?«

»Darauf werden Sie nicht lange zu warten brauchen. In zwei Tagen muß ich von Ihnen Abschied nehmen.«

»Wie?«

»Nun, meine Arbeit wird dann beendet sein, und ich muß nur gestehen, daß ich mich länger dabei aufgehalten habe als nötig gewesen wäre.«

»Aber warum bleiben Sie nicht noch, ohne zu arbeiten?«

Er lachte:

»Ich habe mich an einen andern Platz verpflichtet. Aber daß ich ungern gehe, dürfen Sie mir schon glauben.«

Die letzten Worte hatte er gemurmelt. Contessina läßt den Kopf sinken, und sie erreichen unter Schweigen das Haus.

Am nächsten Tage ist der Professor sehr fleißig und läßt sich wenig vor den Damen blicken. Auch am folgenden Morgen muß Contessina ihren Spaziergang allein machen. Es ist so ungewohnt, sie fühlt sich ein wenig abgespannt. Doch macht sie unterwegs einige Beobachtungen, die sie von ihm gelernt, findet ein paar unbekannte Steine und Muscheln, die sie ihm mitteilen wird, denn er kennt alles.

Wie wird es sein, fragt sie sich plötzlich, wenn er nicht mehr da sein wird?

Aber ihr Kopf ist ein wenig müde, und sie verliert die Frage wieder.

Nachmittags, als sie mit der Mutter bei ihrer Tapisserie sitzt, erscheint der Professor im Salon.

»Ich möchte mich von den Damen verabschieden und für die Gastfreundschaft danken.«

»Sie haben ja den Wagen abbestellt?«

»Meine Sachen habe ich zur Bahn vorausgeschickt, gnädige Frau, und ich selbst möchte die wunderschöne Gegend noch einmal zu Fuß durchwandern.«

»Ganz allein?«

»Warum nicht, Contessina?«

»Aber Sie werden doch meine Begleitung nicht ausschlagen? Nur ein Stückchen!«

»Sie wollten?«

»Gewiß. Wir machen eben unsern letzten Spaziergang. Nicht wahr, Mama?«

So wandern sie noch einmal nebeneinander den Wald entlang. Ihre Schatten, ein schmächtiger und ein breitschultriger, springen über die Schatten der Pinienstämme hinweg, doch sie selbst schreiten bedächtig. Dann wenden sie sich querfeldein. Sie sprechen wenig, doch behaglich freundschaftlich, in ihrer alten Weise. Es ist, als mache der gesunde Atem der Felder ihre Gedanken bedächtig und sicher. Aber die salzige Brise, die vom Meere kommt, die muß dennoch etwas in ihnen finden, das sie aufregen kann. In der Ferne taucht schon die Station auf, als der Professor den Ton ändert.

»Es sind fast sechs Wochen, die ich hier in der Stille verlebt habe, Contessina. Und nun kehre ich in die laute Welt zurück. Glauben Sie mir indes, sie wird nie lärmend genug sein, um meine Erinnerung an diese Wochen der Stille und Einsamkeit zu übertäuben.«

»Ja, es ist hier einsam«, wiederholte das junge Mädchen. »Aber die Einsamkeit wird von einer Fee belebt, wie man sie in der Welt nicht findet. Dort gedeiht sie nicht, ja, mir ist der Gedanke gekommen, Contessina, daß dort das Leben nicht sanft genug für sie wäre.«

Sie blickt ihm in die Augen; es liegt soviel Güte und Trost darin. Dann neigt er sein rotes Gesicht über ihre weiße Hand.

Unwillkürlich und doch mit stockender Stimme sagt sie:

»Ich danke Ihnen.«

»Auf Wiedersehen!«

»Auf Wiedersehen!«

Ein Gruß, ein Umschauen, noch ein Gruß. Contessina wendet sich allein den Weg zurück, den sie beide gekommen.

Ihr Schritt ist noch langsamer geworden, als wünschte sie, daß der Weg niemals ende. Nur nicht nach Hause kommen. Hier ist sie doch noch im vergangenen Augenblick mit ihm vorübergeschritten, an denselben Dingen haben ihre Augen gemeinsam gehangen. So flüstert ihr heimliches Gefühl, während ihre überhitzten, ermüdeten Gedanken nur immer wiederholen: Nur nicht nach Hause, nur nicht in die ewige, enge Einsamkeit zurück.

Ja, eine Fee, so fällt ihr plötzlich ein – von einer Fee hat er gesprochen!

Aber wenn nun die Fee ein menschliches Fühlen besitzt und nicht kaltblütig ist wie die anderen Feen. Dann gehört sie dennoch in die Welt.

Aber es wird ihr dort nicht gut ergehen, so sagt er.

Ach, wenn ich nicht dort sein kann – ach, wäre doch er dann hiergeblieben!

Aber das ist ja Sünde! ruft sie plötzlich und schlägt, stehenbleibend, die Hände vors Gesicht.

Sünde! Alle diese Gedanken Sünde. Was ist doch mit mir vorgegangen, mein Gott! Mein Gott!

Sie hat den Anhalt gefunden, nach dem sie suchte, und schreitet schneller aus. Nur er kann ihr raten.

O Gott, wenn es dennoch keine Sünde wäre?

Sie sieht das schmerzliche und doch so trostreiche Lächeln vor Augen, das in so vielen Stunden, in ihrem Zimmer, ihren Blick angezogen. Sie wird wieder wie sonst vor dem großen silbernen Kruzifix niederknien, und der Gott, mit dem sie so oft vom Tode gesprochen, von seinem, von dem ihres Vaters, vielleicht von ihrem eignen, er wird sie heute zuerst um das Leben beten hören.

Die Dämmerung sinkt schon tief, sie eilt nun, nach Hause zu kommen. Ohne jemand von ihrer Rückkehr zu benachrichtigen, ersteigt sie die Treppe, reißt die Tür auf – und gleich darauf würgt sie den Atem, der stocken will, mit pfeifendem Ton durch die Kehle. Eine starre, weißragende Figur steht ihr im Schatten gegenüber. Sie dreht sich um und um, erfaßt den Türpfosten, sie will umsinken, doch das Grauen rafft sie gewaltsam auf und sie stürzt, bebend in stummem Entsetzen, die Treppe hinab, aus dem Hause.

Die Lichtung hinunter läuft sie, das weiße Kleid flattert um ihre leichte Gestalt. Sie ist ein Falter, den der Wirbelwind entführt, sie weiß nicht wohin. Es fällt ihr ein, daß sie schon einmal so hier entlanggeflogen, aber das war doch ganz anders. Sie möchte auflachen. Und dann hört sie plötzlich in der Luft die Stimme, mit der er damals ausgerufen hatte: »Arme Contessina!«

Ihre Miene zieht sich zusammen, sie hat mit den spitzen Zähnen die Lippen wund gebissen. Da ist sie an dem runden Brunnen angelangt und umkreist ihn, einmal, zweimal, drei –

»Arme Contessina!«

Und plötzlich ist sie verschwunden.

»Contessina! Contessina!« ruft von fern, von der Terrasse, die klagende Stimme der Erzieherin.

In der Tiefe, in der sie verschwunden, rührt sich nichts. Es ist ja nicht einmal ein See, der Kreise über ihr zu ziehen vermöchte. Und viel weniger hat sie in der großen Freiheit des Meeres sterben sollen, dessen Stimmen, die Stimmen des Lebens, sie so gern verstanden hätte, die arme Contessina.

Enttäuschung

»Du kannst dir also gar nichts denken?« sagte Enrichetta, während sie ihren Narciso kokett und etwas spöttisch von der Seite ansah.

»Wirklich, ist es das?« fragte er, und er legte zärtlich den Arm um ihre Taille, die er nun – aber ohne ihre Andeutung hätte er es sicher nicht bemerkt – ein wenig breiter als sonst zu fühlen meinte.

Enrichetta lachte plötzlich so stark, daß ihr von Stirn und Schläfen in lockeren Kämmen abstehendes, schwarzes Haar auf und nieder flog. In ihrem goldig blassen Gesicht, ganz dicht unter den dunkel umschatteten Augen, erschienen zwei rote Flecken.

»Und Bucci!« rief sie unter Lachen.

»Nun, und Bucci?« wiederholte er. »Jetzt wird er dich doch wohl in Ruh' lassen, wenn er das erfährt.«

Sie beschrieb eine verneinende Bewegung mit dem Finger.

»Er weiß es schon. Du armer Kerl, er ist scharfsichtiger als du. Und er hat gesagt: Jetzt gerade.«

Sie küßte ihn mit erneuter Heiterkeit auf den Mund, ohne doch seine üble Laune ganz beschwichtigen zu können.

»Ah«, sagte er, »ich sehe, wir können nicht mehr zu Falconi gehen.«

Sie schmollte.

»Aber warum denn nicht? Bist du denn nicht Student, wenn du jetzt auch Familienvater werden sollst? Es ist doch so natürlich, daß du dich des Abends mit den Kameraden im Café triffst und deine Freundin mitbringst, wie die andern auch tun – sooft sie eine haben.«

»Aber Bucci!«

»Was geht dich Bucci an. Du weißt ja, daß er nur neidisch ist.«

Diese Auffassung tat Narciso wohl. Er sagte:

»Der Schlingel weiß nicht, wie er sein Geld hinauswerfen soll.«

»Obschon er bald keins mehr haben wird. Nun kann er nicht begreifen, daß ich mit dir – allein glücklich bin.«

»Das ist wahr. Er denkt noch an – früher, als er, mit den andern, vielleicht auch Aussichten gehabt hätte –«

Narciso fing zu lachen an. Erst ein wenig verlegen, aber dann gab Enrichetta ihm einen freundschaftlichen Schlag auf seine breite Wange, und sie schloß seinen Satz:

»Und nun will er nicht einsehen, daß dies aufgehört hat, weil er eben nicht weiß, wie sicher du dich mit Enrichetta fühlen darfst.«

Narciso steckte die Hände in die Hosentaschen und sah sehr zufrieden aus. Es lag allerdings in seinem Temperament, sich sicher zu fühlen, und Bucci war noch nicht der Mann, ihn zu beunruhigen.

Die jungen Leute standen aneinandergelehnt auf ihrem engen eisernen Balkon und sahen einer mit Blumen und Gemüse beladenen Barke zu, die unterhalb des Aventin anlegte. Der Hügel schob sein von den drei Klosterkirchen und dem Palast der Malteserritter phantastisch ausgezacktes Profil schwarz in den rosigen Himmel. Der Märzabend war merkwürdig lau. Enrichetta atmete den Duft von Orangenblüten ein, der vom Fenster unter ihnen heraufstieg. Aber sie hustete ein wenig, und Narciso zog sie ins Zimmer zurück.

Sie wohnten nun seit acht Wochen in ihren drei kleinen Räumen des fünften Stockwerks in Trastevere. Das war weit von der Universität, aber seit er mit Enrichetta zusammen lebte, hatte dies für Narciso nicht mehr viel zu bedeuten. Er mußte sich sehr zusammennehmen, um mit der kleinen Monatsrente, die er von seinem Vater, einem ländlichen Bürger in der Nähe von Cortona, bezog, ihren Haushalt zu zweien einzurichten. Aber er entbehrte nichts dabei, da er Familienneigungen besaß. Als er in dem kleinen Caf[???]konzert, wo viele Studenten verkehrten, Enrichetta zuerst auftreten sah, hatte er sich plötzlich verliebt und, flüchtigen Abenteuern wenig zugetan, ebenso plötzlich Lust bekommen, sie ganz für sich allein zu behalten. Das geregelte häusliche Leben war ihm Bedürfnis, er fand die Familienküche besser als das Essen im Restaurant, wohin sie nur selten, mit Freunden, gingen. Seinem etwas schweren Blut, wovon er zuviel hatte, bekam der Umgang mit der sanguinischen Enrichetta gut. Er genoß die Vorzüge der

Ehe mit dem Gefühl, seine Freiheit darum nicht aufgegeben zu haben. Nach der Vergangenheit des Mädchens fragte er nicht. Es genügte ihm, fortan nichts zu fürchten zu haben, denn er war sicher, von ihr geliebt zu werden.

Enrichetta liebte ihn, vor allem weil er stark war. Was hätte sie mit einem kleinen Menschen wie Bucci anfangen sollen, der immer mit nervösen Fingern über sein gelbes Gesicht, durch seinen schüttern schwarzen Kinnbart fuhr. Schwach wie sie selbst war, konnte ihr ein Schwacher nicht helfen. Narciso aber dankte sie es, aus Verhältnissen entronnen zu sein, für die sie nicht geschaffen war. Der Zufall hatte sie zur Chanteuse gemacht; aber in langen Kleidern zu singen, das langweilte sie, und in kurzen machte es sie verlegen. Das galante Leben erschien ihr schon gar trist, obwohl sie weiter nichts dagegen einzuwenden hatte: ihre ehemaligen Freundinnen sah sie noch jetzt sehr gern. Nur daß sie selbst es vorgezogen hatte, mit dem ersten besten braven Burschen davonzugehen, der sich durch sie glücklich machen lassen wollte. Enrichetta lechzte nach einem ganz bürgerlichen, dauerhaften Glück. Manchmal kam eine Mahnung von dem Alten aus Cortona: der Cavaliere Francesco denke daran, seine Advokatur niederzulegen, und Narciso möge daher sein Studium beendigen. Und manchmal ward Enrichetta durch ein länger anhaltendes Stechen in ihrer schmächtigen Brust geängstigt, und sie schloß sich im Schlafzimmer ein, um vor Narciso ihren Husten zu verbergen, ihn in den Decken zu ersticken. Nach solchen Tagen klammerte sie sich in leidenschaftlichsten Umarmungen an den Geliebten und an das Leben. Des jungen Mannes immer gleichmäßige Vertraulichkeit unterhielt in Enrichetta eine Art von dankbarer Verehrung, die bei dem Geliebten zwischen Hochherzigkeit und Phlegma nicht eingehend unterschied.

Sie gingen in den nächsten Wochen sogar öfter zu Falconi als früher. Denn Narciso fand es sehr schmeichelhaft, den Kameraden seine Freundin in ihrem neuen Zustande zu zeigen und die allgemeine Bewunderung zu genießen. Sie erschienen spät in dem kleinen Café, nur um im Vorübergehen einen Punsch zu trinken, als Leute, die in geordneten Verhältnissen leben und nicht Zeit haben, von sieben bis zwölf auf den

Plüschbänken umherzusitzen. Einmal rief die dicke Ines, die jedesmal die Fortschritte in Enrichettas Zustande wahrzunehmen behauptete, schon bei ihrem Eintritt über den Tisch:

»Es ist sehr fraglich, ob du, Bucci, das gekonnt hättest!«

»Was für ein dummes Gesicht er macht!« kicherte Enrichetta, und Narciso strahlte vor Vergnügen.

Im Mai gingen sie viel ins Freie, vor das Tor von San Pancrazio, nicht weit von ihrem Hause. In der Villa Pamphili blieb Enrichetta am liebsten, wo man auf den weiten Wiesen weiße Primeln pflückt und Kränze flicht, während man auf den Stufen eines Brunnens sitzt. Narciso, der die Sonne schon zu heiß fand, trat an den Weg und blickte im Schatten der Bäume den Karossen nach, in denen große Damen vorüberfuhren. Nachher suchten sie den benachbarten Scarpone auf, um einen halben Liter zu trinken, und sie fühlten sich so froh und glücklich, daß Narciso noch tiefer in seine Tasche griff und einen Wagen zur Heimkehr nahm.

Sie verbrachten auch die heißen Monate in der Stadt. Narciso hatte nach Hause geschrieben, er könne in diesen Sommerferien Rom nicht verlassen, da er die Vorbereitung für sein Examen nun nicht länger aufschieben wolle. Die Hitze machte Enrichetta bequem, und in den langen unbeschäftigten Stunden ward sie manchmal von ängstlichen Beklemmungen befallen. Sie lehnte sich ans Fenster und blickte aufmerksam in jeden vorüberfahrenden Wagen, ob nicht Narciso darin sitze und ob man ihn ihr nicht krank zurückbringe. Entstand ein Geräusch auf der Treppe, so sah sie eilig nach, ob er nicht verunglückt sei. Gleichwohl ward sie in dieser Zeit von ihrem Husten fast gar nicht gequält.

Nur selten verließen sie jetzt das Haus. Besonders auf dem linken Tiberufer mochte Enrichetta sich mit ihrem Gang, der doch schon recht schwer wurde, nicht mehr blicken lassen. Einmal, als sie Einkäufe zu machen gehabt hatten, gerieten sie nachmittags auf den Corso, zu der Stunde, wo dort auch an den verödeten Julitagen ein ewig Leben herrscht. Vor dem Fenster des Juweliers Suscipi sahen sie sich unvermutet Bucci gegenüber. Enrichetta, ein wenig verlegen, beachtete plötzlich in der

Auslage einen Saphir, der in einer schön ziselierten Armspange von mattem Gold stak.

»Sieh nur, wie reizend!« sagte sie.

Bucci lachte.

»Warum gerade der? Übrigens laß ihn dir doch von Narciso schenken.«

Enrichetta sah sich lächelnd nach Narciso um, der ein wenig abseits stand. ›Der arme Narciso‹, dachte sie, ›woher soll er die hundertfünfundsechzig Lire nehmen.‹ Es kam ihr ein komischer Gedanke. Sie blickte an ihrer eigenen Gestalt hernieder und fragte:

»Bucci, jetzt würdest du sicher nicht mehr wollen?«

Bucci griff mit seiner gewöhnlichen Gebärde in sein spärliches Bärtchen und schnitt eine nervöse Grimasse.

»Wer weiß?« sagte er mit einem gewissen eindringlichen Lächeln, das Enrichetta ganz nachdenklich machte.

Zu Hause wunderte sie sich, daß sie noch immer an den Saphir denken mußte. Seitdem sie die falschen Brillanten, die zu ihrem ehemaligen Handwerk gehörten, weggetan hatte, trug sie bloß einen vergoldeten Ring mit einer einzigen kleinen Perle, den ihr Narciso am Anfang ihrer Beziehungen gegeben hatte. Ihr zufriedener Sinn stand nicht nach glänzenden Kostbarkeiten. Warum mußte es nun dieser Saphir sein? Sie blieb während der Mahlzeit schweigsam, ging früh zu Bett und horchte noch lange auf Narcisos ruhige Atemzüge, während sie einen blauen Glanz vor Augen sah, der ihr ganz unheimlich machte und sie doch mit unbeschreiblicher Sehnsucht erfüllte.

Am Morgen fühlte sie sich dumpf und unruhig, als müsse irgend etwas geschehen. Sie mochte nicht wie sonst, nachdem Narciso ausgegangen, singend und bei weit offenem Fenster, den Haushalt versehen. Der Himmel leuchtete so blau wie der Saphir. Sie blieb in einer Ecke sitzen, den Kopf voll dummer Gedanken. Hundertfünfundsechzig Lire waren doch wirklich eine Lumperei. Narciso konnte ja nichts dafür, daß er sie nicht besaß. Aber sie mußte den Saphir haben. Sie sah ihn überall vor sich, meinte plötzlich, er schimmere von der Kommode herüber und wollte schon danach greifen, lüstern und unbesonnen, wie ein Kind nach einem gemalten Kuchen greift. Ihre

Seligkeit hing von dem Besitz des Saphirs ab, und bevor Narciso heimkehrte, mußte sie ihn haben. Sie sprang auf, lugte unter der aufgestellten Jalousie auf die Straße, sah vorsichtig über die Treppen hinab und verließ das Haus. Sie stieg in einen vorüberfahrenden Wagen und nannte dem Kutscher Buccis Wohnung.

Nach anderthalb Stunden kam sie atemlos nach Hause und warf die Armspange mit dem Saphir in die Schieblade, unter ihre Leibwäsche. Narciso fand sie ausgelassen heiter, bei Tische plauderte sie unablässig, unter Scherzen, die er nicht alle verstand, die aber sein Behagen erhöhten. Später schickte sie ihn unter einem Vorwande fort und nahm die Spange aus der Kommode hervor. Sie ließ den Stein im Lichte blitzen, die Spange wieder und wieder über ihr Handgelenk gleiten, hundertmal. Dann trat sie vor den Spiegel, entblößte ihren Arm, erneute, während zwei rote Flecken auf ihre Wangen traten, ihre stille Belustigung, ganz gedankenlos, bis sie Narciso auf der Treppe hörte und eilig das Schmuckstück in die Schieblade zurückwarf.

Abends war sie abgespannt und müde, sie ängstigte sich im Schlafe, und am Morgen meinte sie aus einem schweren, schrecklichen Traum erwacht zu sein, der den ganzen vorigen Tag gedauert hatte. War es möglich, sollte sie das getan haben? Sie hatte wirklich ihren Narciso hintergangen, wegen eines blauen, glänzenden Dinges, das dort in der Kommode lag, wo sie gar nicht mehr vorbeigehen mochte! Ihr ganzes Glück einem solchen Unsinn zuliebe verscherzt zu haben! Den Frieden und die Sicherheit, die sie Narciso verdankte, die konnte sie nun nicht wiederfinden, ob er von der Sache wußte oder nicht. Sie ihm zu verbergen, das wäre ein weiterer unaufhörlicher Betrug gewesen. Das war ganz unmöglich, der Gedanke daran benahm ihr den Atem. So plötzlich, sie wußte kaum wie, war alles zusammengebrochen. Und sie mußte es ihm sagen. Sie wagte nicht zu hoffen, daß er ihr verzeihen werde, denn ihre Schuld war zu groß. Aber sagen mußte sie es ihm. Als er aber kam, sagte sie nichts. Sie konnte nicht sprechen, ihre Kehle war trocken, ihre Augen schwarz umkreist. Narciso fand sie so schwach, daß er unruhig wurde, doch tröstete sie ihn.

In der schlaflosen Nacht beschloß sie, es ihm zu schreiben. Und am Morgen schrieb sie ihr Geständnis auf, ganz kurz, denn zu erklären wußte sie nichts, und zu bitten wagte sie nichts, nur gestehen mußte sie es. Sie trug den Brief an den Kasten.

Nachmittags befand sie sich in fieberhafter Unruhe, die sie zu verraten fürchtete. Sie horchte hinaus und schrak jeden Augenblick zusammen. Die Portiersfrau rief auf der Treppe: »Ein Brief für den Advokaten Narciso!«

Narciso ging verwundert hinaus, denn von wem sollte ein Brief kommen? Aus Cortona schrieb man ihm monatlich zweimal, an bestimmten Tagen. Er trat wieder ins Zimmer und betrachtete die Aufschrift des Briefes. Dann sagte er:

»Das sieht aus wie deine Schrift?«

Als er sie mühsam und angstvoll lächeln sah, fragte er weiter:

»Aber was solltest du mir zu schreiben haben?«

»Ich muß dir doch wohl etwas zu schreiben haben«, brachte Enrichetta mit Anstrengung hervor.

Ihre Tränen erstickten sie, sie sah Narciso den Brief nachdenklich und verlegen in der Hand herumdrehen, und sie ließ ihn allein. Sie schloß sich im Schlafzimmer ein und wartete. Nach einer Viertelstunde klopfte Narciso an die Tür und sie erschrak heftig. Aller Mut hatte sie verlassen, sie wünschte nur, das Verhängnis hinauszuschieben und rief mit schwacher Stimme:

»Ich habe mich hingelegt, um ein wenig zu ruhen. Wünschest du etwas?«

»Nichts Besonderes. Auf Wiedersehen.«

Er hatte dies mit seiner gewöhnlichen Stimme gesagt. Sie dachte lange darüber nach, was er zu tun beabsichtigte. Aber am Abend fand sie ihn nicht anders als sonst, freundschaftlich wie immer. Sollte er ihr wirklich verziehen haben? Sie sah ihn, während er etwas Lustiges erzählte, unverwandt an, mit großen Augen, in die ein nie geahntes Glück eintrat. Nach Tische, wie er eine Zigarette drehte, ergriff sie plötzlich seine Hand und küßte sie. Es war ein stiller Jubel in ihr. Sie hätte gern laut ihre Wonne hinausgesungen, doch fühlte sie sich noch ein wenig schwach, eine Genesende, die zu ihrem Retter, dem allein sie das Leben verdankt, in mystischer Gläubigkeit aufsieht. Ah, er hatte ihr verziehen, denn er wußte, daß sie einzig ihn liebte. Ah, er besaß ein starkes und gutes Herz.

Es kam nun die Zeit für Enrichetta, in die Kirche von S. Agostino zu pilgern, zu der schönen, glänzenden Madonna, die inmitten der hundert, von Müttern gewidmeten Herzen thront und die Bitten der Frauen um eine glückliche Geburt erhört. Schon wenn sie den Schatten des breiten niedrigen Gewölbes betrat, umschauerte es sie andachtsvoll. Sie lag über ihrem Betschemel, lange Viertelstunden, und ihre Gedanken an ihr Kind flossen mit denen an Narciso zusammen. Sie liebte ihn schon jetzt mit aller ihrer künftigen Mutterliebe. Wenn sie sich endlich aufrichtete, um den vorgestreckten Fuß des Madonnenbildes zu küssen, so taumelte sie vor Inbrunst. Sie hatte nie geglaubt, so fromm zu sein.

Und auch so lieben zu können, wie sie jetzt liebte, hatte sie nie geglaubt. Nach ihrer Heimkehr aus der Kirche hing sie an Narcisos Halse und wollte nicht aufhören, ihm heiße Worte, immer aufs neue ihren Dank und ihr Glück, ins Ohr zu flüstern. Narciso streichelte ihre schmalen Wangen und betrachtete ihren armen verunstalteten Leib mit Mitleid und Unruhe. Doch Bucci, der als Mediziner Bescheid wissen mußte, versicherte ihm, daß derartige Anfälle, übertriebene Gefühlsausbrüche und unerklärliche Begierden, in dem Zustande ganz gewöhnlich seien und schon vorübergehen würden. Hiermit beruhigte sich Narciso. »Es wird schon vorübergehen«, das war seine Philosophie.

Es ging vorüber mit dem Sommer. In den ersten Sciroccotagen ward Enrichetta wieder von ihrem Husten befallen. Die schwüle nasse Luft bedrückte ihr die Brust, sie blieb schwer atmend in ihrem Winkel sitzen, ohne sprechen zu können. An einem solchen Oktobermorgen legte sie sich, bald nachdem sie aufgestanden war, wieder nieder. Es mußte nun bald die Erlösung kommen. Die Wehen wurden unerträglich, und dazu das Stechen in ihrer Brust. Sie blickte angstvoll auf Narciso, der bekümmert und ungeschickt dabei stand. Sie sagte leise:

»Ich glaube, ich glaube, du solltest nun zum Doktor schicken.«

In dem Augenblick, während er hinausgegangen war, brach die Angst mit verzehnfachter Gewalt über sie herein.

›Ich werde sterben‹, dachte sie, indes sie sich im Bette herumzuwerfen versuchte.

›Ich werde sterben, ohne ihm sein Kind in den Arm legen zu können. Nichts von dem kann ich ihm vergelten, was er für mich getan hat. Ich bin seiner unwürdig gewesen.‹

Narciso trat wieder ein und sie fragte ihn:

»Du hast mir wirklich alles verziehen?«

»Was denn, meine Liebe, ich habe dir nichts zu verzeihen.«

Sie wiederholte mit einem blassen Lächeln:

»Sag es mir doch noch einmal, daß du mir damals verziehen hast?«

»Wann, Enrichetta?«

»Das mit dem Saphir – und mit Bucci.«

»Bucci?« fragte er.

Sie blickte mit weit offenen Augen auf seine Stirn, die sich plötzlich faltete. Eine neue, schreckliche Furcht ergriff sie.

»Der Brief, hast du den Brief?« fragte sie mit erstickter Stimme.

Er wollte verlegen leugnen, aber sie nahm plötzlich alle Kraft zusammen, um zu befehlen:

»Geh, hol ihn!«

Er wendete sich hin und her und verließ das Zimmer. Durch die offene Tür sah sie ihn nebenan im Schranke kramen. Unter Büchern und alten Kollegienheften zog er den Brief hervor und brachte ihn herbei. Der Brief war uneröffnet.

Sie blieb bewegungslos, fast ohne Atem. Die Spannung in ihr war noch nicht gelöst. War sein Vertrauen so groß gewesen, daß er nicht einmal lesen wollte – oder war er nur feige? Sie wußte noch nicht. Sie befahl nochmals:

»Öffne und lies!«

Er tat es, und da sah sie in seinem Gesicht, das sie nicht aus den Augen ließ, wieder die Falten erscheinen, und seine Mundwinkel herabhängen. Er sah ärgerlich und böse aus. Jetzt wußte sie, und es war ihr, als schlössen sich die Pforten einer geträumten Welt hinter ihr und sie stände nun wieder vor der breiten, grauen Gewöhnlichkeit. In dieser Minute fühlte sie ihr Kind sterben, ihr eigenes Leben zerbrechen. Ah, wie hatte sie ihm gedankt und ihn vergöttert, und nun war alles ganz sinnlos gewesen. Sie wandte den Kopf ab.

Der Schritt des Doktors wurde hörbar, Narciso ging ihm entgegen. Er sah nicht den Abscheu und das Grauen der Enttäuschung, die Enrichettas sterbendes Gesicht entstellte.

Geschichten aus Rocca de' Fichi

Der Nachmittag war heiß, nur aus Mangel an Beschäftigung hatte ich meinen Freund, den ausgezeichneten Advokaten Cavaliere Crisostomo Temaniente zu dem Spaziergang veranlaßt, um seinem Bruder guten Tag zu sagen, dem Pächter Sor Alfonso, der im Schweiße seines Angesichts seine Bauern beaufsichtigte, auf den ihm von Sr. Exzellenz dem Fürsten Tordisasso verpachteten Kukuruzfeldern, eine kleine Meile vor Rocca de' Fichi. Mehr als einen Esel, den wir abwechselnd ritten, hatte uns der gefällige Pächter in dieser Erntezeit nicht auf den Rückweg mitgeben können. Sooft an mir die Reihe war, das freundliche Tier zu besteigen, blickte ich über die Kronen der Ölbäume, die von unserer engen Bergstraße den Abhang hinabstanden, wohlgefällig in die Campagna hinein. Ihre gehaltenen, braunvioletten Töne dämpften das allzu grelle Sonnenlicht. Am Grunde kleiner Seitentäler, die ins offene Feld verliefen, lag hier und da ein grauer Steinhaufen, der ein Bauernhof war, von schwarzem Gesträuch überwuchert, schon halb im Schatten. Draußen im Felde versteckten sich die Gehöfte hinter dichten Einfriedigungen von Zypressen. Zwei stolzere Reihen derselben Bäume stiegen aus der Campagna in die herrschaftliche Villa hinein, die sich unterhalb des vor uns liegenden Städtchens die Höhe hinanzog. Diese Villa, von der ich hatte reden hören, ein theatralisches Meisterstück, mit ihren verblüffenden Parkansichten, ihren zierlich nachgeahmten Ruinen, ihren raffinierten Wasserkünsten und dem ungeheuren Barockpalast, wurde bewohnt von dem Besitzer der Kommune Rocca de' Fichi, dem Grundeigentümer und Herrn des ganzen Berges und des angrenzenden Campagnagebietes im Umkreise dreier Meilen, dem Fürsten Tordisasso.

Ich bin nun zwar eigentlich der Meinung, daß diese großen Herren, soweit sie von dem aus dem modernen Rom herüberblasenden Winde des Ruins bisher verschont blieben, unproduktive Zehrer und der wahre Hemmschuh für die gesunde wirtschaftliche Entwicklung des Landes sind. Parzellierung von Grund und Boden, das ist das Wahre, wie auch der ehrenwerte Colaianni im »Messaggero« täglich versichert. Aber die agrarsozialistischen Anschauungen seines Bruders Sor Alfonso, eines standhaften Lesers der genannten Zeitung, werden vom Cavaliere Crisostomo, der Sachwalter des Fürsten ist, erklärlicherweise nicht geteilt. Mit ihm hierüber zu streiten, ist ganz unnötig und lag mir, schon wegen der herrschenden Wärme, völlig fern. Vor allem, und ohne Rücksicht auf meine politischen Meinungen, höre ich gern Geschichten. Ich bin ein dicker Herr aus Mailand, der immer von einem Postwagen in den andern steigt, zwecklos die Leute aushorcht, und der es zu nichts Rechtem in der Welt gebracht hat, weil er sich stets um anderer Leute Angelegenheiten mehr bekümmerte als um seine eigenen. Und diejenigen der großen Campagnabarone sind manchmal hinreichend interessant, um mich mit den Herren auszusöhnen. Diese alten Geschlechter haben vielleicht den größten Teil der Jahrhunderte, auf die sie zurückblicken, in ihrer kleinen Welt als unumschränkte Selbstherrscher festgesessen, sie besitzen daher noch mitunter ihre eigensinnigen Schicksale und sind weniger, als dies bei uns kleinen Leuten der Fall ist, von den allgemeinen gesellschaftlichen und Zeitverhältnissen abhängig. Ihre eigene Überlieferung bestimmt diese Geschlechter. Wird der Name genannt, so klingt ein Ton an und niemals ein anderer.

Was für ein Ton war dies hier? Ich meinte, er müßte jedenfalls schon beim ersten Anpochen recht deutlich zu vernehmen sein, denn der letzte Tordisasso endete sein bescheidenes Greisenleben in der Villa angesichts des Felsennestes, aus dem meines Wissens sein Geschlecht hervorgegangen war. Nach meiner Ankunft am Morgen war ich droben gewesen, oberhalb der Stadt, wo zwischen den Feigenbäumen, die der Gegend ihren Namen gaben, einige elende, von Hirten bewohnte Schutthaufen um den größeren Schutthaufen herumlagen, der einmal eine feste Burg gewesen war. Statt der Zugbrücke führten ein paar morsche Bretter über den mit Geröll halb verschütteten Graben zu einem Hof, wild überwachsen, und in einige formlose, feuchte Gewölbe. Das alles war wild und arm. Mir fiel es dagegen auf, die angrenzende Kapelle leidlich gut erhalten zu finden. Auf den Wänden befand sich noch etwas Kalk, ein schwarzes Bild über dem Hochaltar, und das frühgotische

Portal war durchaus nicht übel. Bekümmerte sich der Fürst darum? Weshalb in diesem Falle nur um die Kapelle und nicht ebenso um den Rest der Ruinen? Rocca de' Fichi ist, soviel als mir bekannt, nicht zum Nationalmonument erklärt, und sobald nicht das berechtigte kunsthistorische Interesse entscheidet, tadele ich es, dem Klerikalismus, der sich so etwas zunutze macht, auch nur den kleinen Finger zu reichen. Der Cavaliere Crisostomo stimmt hierin mit mir überein. Ich fragte ihn:

»Ist der Fürst klerikal?«

»Wer weiß es?« erwiderte er zu meiner Überraschung.

»Nun, wenn nicht einmal Sie es wissen. Läßt Se. Exzellenz denn im Munizipalrat dem Don Agostino freie Hand oder unterstützt er, auch bei den Wahlen, die Regierung?«

Mein ausgezeichneter Freund Cavaliere Crisostomo erfreut sich einer geringeren Beleibtheit als ich, hat aber einen zu kurzen, dicken Hals, der ihm beim Sprechen Beschwerde verursacht. Sooft er etwas Bedeutsames sagen will – und das meiste, was er sagt, ist bedeutsam –, bleibt er stehen und rülpst heftig, worauf er zunächst ein kurzes Ä hervorstößt. So tat er auch jetzt, ohne doch seine Mitteilungen fortzusetzen. Ich sah ihn an. Über seiner weißen Weste – den Rock hatte er ausgezogen – leuchtete sein Gesicht krebsrot. Den Mund, in dessen Winkel die ergrauten Borsten seines Schnurrbartes hineinwuchsen, hatte er vor Anstrengung ein wenig geöffnet. Ich begriff, daß es Zeit sei, ihm mein Reittier anzubieten. Sobald er es sich auf dem Esel ein wenig bequem gemacht hatte, forderte ich ihn auf:

»Sagen Sie mir doch, warum der Fürst für die Unterhaltung der Kapelle auf der Akropolis Sorge trägt.«

Er verneinte mit einer Bewegung seines Zeigefingers.

»Er tut es nicht«, brachte er hervor, und dann etwas freier: »Hier gibt es eine Legende, mein Lieber.«

»Ach was, eine Legende?«

»Und eine, die Ihnen in neueren Veröffentlichungen schwerlich begegnen wird.«

»Erzählen Sie sie mir?«

»Ich will sie Ihnen erzählen, und zwar so, wie sie erzählt werden muß.«

Die Aufgabe bereitete ihm ein offenbares Vergnügen, er wurde ganz beweglich auf dem Rücken des Esels. Der ehemalige Schüler der Beredsamkeit an der alten päpstlichen Universität regte sich in ihm.

Legende

Der das Kastell zuerst gegründet hatte, lebte darin mit seiner jungen Frau, die schlank und ganz weiß war. Sie sah aus wie ein Engel vom Himmel, doch hatte sie brennende Lippen. Beatrice war ein frommes und züchtiges Fräulein gewesen, nur der wilde Baron Guido hatte schuld, daß sie nun in einer fleischlichen Lust mit ihm dahinlebte, die christlichen Ehegatten nicht ziemt. War der Gemahl nicht alles, was das arme Weib auf dieser Welt sein eigen nannte? Es war eine leere und finstere Burg, Gäste oder Sänger verirrten sich selten dahin. Vorn lagen, weit bis an das blaue Meeresband, die braune Campagna, hinten, voller Schluchten mit wilden Tieren, die schwarzen Wälder. Kahler Fels, auf dem von alters nur die Feigenbäume wuchsen, und einige ganz alte waren schon abgestorben – aber Guido hatte ihn zu seinem Sitz erwählt, weil er nichts begehrte als zu jagen. Mit dem Papst lebte er, als tapferer römischer Baron, in Fehde, von Zeit zu Zeit stieg er hinab, um den Kaufleuten aufzupassen, die mit ihren Waren durch das weite Feld nach Rom zogen. Seine scharfen Augen erspähten sie in dem Schatten der Aquädukte, wo die faulen Bäuche sich versteckten, und er nahm ihnen ab, was gut war oder sein Gemahl erfreuen mochte.

Aber der heilige Vater rief zum Kriege gegen die Ungläubigen, da vergaßen die Barone ihre Fehde, und sie machten sich alle auf, auch Guido. Nach ihrer letzten Liebesnacht küßte er noch einmal Beatrices beide weißen Brüste, die er besonders liebte. Mie pesche, nannte er sie, meine Pfirsiche. Er küßte sie und sagte: Wolle Gott, daß ich mich nach dem durstigen Sonnenbrand im Lande der Heiden wieder an euren frischen Früchten gesund erlaben dürfe. – Dann ritt er, unter dem Klange des Jagdhorns, quer über die Campagna, ans Meer.

Die Frau weinte nicht, aber neun Wochen lang sah man sie nicht von ihrem Kammerfenster weichen, von wo sie, am

Rande der braunen Einöde, das Funkeln des Meeres erblickte. Als sie dann heraustrat, war sie noch weißer geworden, und ihre Lippen bluteten, man meinte die Tropfen auf ihr weißes Mieder fallen zu sehen. Wie fast das Jahr um war seit Herrn Guidos Abreise, betete sie noch immer um nichts anderes, als daß er schnell zurückkehren, daß er das heilige Grab fahren lassen und sein Weib wiedergewinnen möge. Eine große Sünde, daß Beatrice die allerheiligste Religion weniger liebte als ihre sündige Gier. Das Blut der Frau, das der wilde Gemahl entzündet hatte, wollte nicht zur Ruhe kommen, es jagte sie, nun doch schon zwei Jahre vergangen waren, ins Weite. Die Bauern entflohen, sooft in der Abendkühle das lange weiße Gewand durch den braunen Schatten der Felder flatterte, wie ein gespenstiges Gefieder. Sie bekreuzigten sich, wenn die Frau hinter einem der alten Trümmerhaufen plötzlich ganz nahe vor ihnen stand, so daß sie mit ihrer schwarzen Haarflut und den roten Lippen in ihrem Geistergesicht, als das Bild einer höllischen Versuchung aus den Heidengräbern hervorzukommen schien.

Der Himmel wurde es müde, ihre sündigen Bitten anzuhören, denn in einer Nacht erschien ihr ein stummer, ernster Engel, der ihr ein Pergament entgegenhielt, aus dessen Schrift traten vier Reihen mit Flammenzeichen hervor. Das Licht davon fiel auf einen Feigenbaum, der auf dem Pergament daneben abgebildet war. Beatrice las und war zu Tode erschrocken, am Morgen aber hatte sie die Worte vergessen, und erst als sie in den Hof hinaustrat, erkannte sie, daß der dürre Feigenbaum, der am Portal in den Steinen stand, der war, den sie in der Nacht erblickt hatte, und die Worte fielen ihr wieder ein: Eher wird dieser dürre Feigenbaum frische Früchte tragen. Da wußte sie, daß sie den Gemahl nie mehr in ihren Armen halten werde.

Von jetzt an ging sie stiller umher und mit gesenkten Wimpern, woran mitunter Tränen hingen. Das Volk begann wieder, sie zu begrüßen, die göttliche Gnadenwirkung erweise sich an der Frau, hatte ein frommer Mönch gesagt.

Beatrice griff aber an einem Tage in ihre Truhe und zog ein zierliches Messer mit eingelegtem Schaft hervor, Herr Guido hatte es einem nach Rom reisenden venetianischen Kaufmanne abgenommen. Es war ein wenig rostig geworden, sie gab es einem wandernden Kleriker mit, dem sie Barmherzigkeit erwies. Wie er es ihr hell und glänzend und aufs beste geschärft zurückbrachte, trat sie damit in stiller Mittagsstunde an das Portal zu dem dürren Feigenbaum und sprach zu ihm: Gern will ich sterben, damit du frische Früchte erhaltest und mein Gemahl zurückkehre. Denn sein Leben ist mir noch teurer als mein eigenes. Zwar sind es seine beiden Pfirsiche, die ich dir geben will, doch hoffe ich auf die göttliche Gnade. Dann öffnete sie schnell ihr Mieder, und das Messer blitzte, mit dem sie ihre beiden weißen Brüste abschnitt. Sie heftete sie auf die dürren Zweige, und ihr herniederfallendes Blut drang durch die Spalten der Steine zu den Wurzeln des alten Baumes.

Als Herr Guido nach einem andern Jahr zurückkehrte, fand er statt des erhofften Brautbettes nur ein verschlossenes Gewölbe. Aber er erkannte wohl die göttliche Gnade, die der armen Frau ihr Opfer zugerechnet hatte, denn der dürre Feigenbaum hing voll frischer Früchte. Herr Guido machte eine Stiftung für ewige Zeiten zur Erhaltung der Kapelle, in der sie beigestellt ist, und zum Lesen einer jährlichen Messe für die Seele seiner Gemahlin. Wie mir Don Agostino Salvini versichert, ist diese Messe bis vor zweihundert Jahren regelmäßig gelesen worden, alljährlich am Tage des heiligen Calixtus. Weshalb noch heute die Kapelle besser erhalten ist, als der Rest der Ruinen.

*

Ich drückte dem Cavaliere nur leichthin meine Anerkennung aus, ohne weiter auf seine Erzählung einzugehen. Denn einerseits erfreute mich ein menschliches Kuriosum wie dieses, daß wenige Wegstunden von einer der Hauptstädte europäischer Kultur ein Volk haust, noch immer so kindlich wild, wie solche bei ihm lebendig gebliebene Legende bezeugt. Aber dann hat doch die Wildheit der Leute und der von ihr unzertrennliche Aberglaube und Fanatismus etwas nicht weniger Beschämendes als Abstoßendes. Wir schwiegen also und schnauften, ich von der Anstrengung des Gehens, mein Freund von der des Sprechens. Um so liebenswürdiger war es von seiner Seite, mir den Esel abzutreten.

Der Weg beschrieb gerade die letzte Biegung vor der Stadt. Wie wir um die Felsenecke waren, lag sie vor uns, und zwar als Dekoration zu einem nicht üblen Schauspiel. Die Abendröte, die den Himmel zu überziehen begann, stand hier am tiefsten. Schwefelgelbe und violette Tinten umflossen den Berghang und die ins Leere ragenden Zinnen der schwarzen Stadtmauer, einige Häusergiebel samt dem vierkantigen Campanile; und daraus löste sich ein wolkiges, quirlendes Rot, das wogte, als wollte es alles einhüllen und von unbekannten Tiefen her die Bergstraße überschwemmen. Aus dem Stadttor wickelte sich eben eine Prozession hervor. Von hinten, wo dunkle Mönchstrachten auftauchten, wurden gemurmelte Litaneien vernehmlich. Voraus gingen weiße Gestalten, auf deren Schultern der Himmel schimmernde rote Flocken legte. Die erste von ihnen trug ein silbernes Kreuz, sie hielt es so hoch, daß es in einer rosigen Luft frei zu schwimmen schien. Es blitzte in zahllosen bunten Lichtbrechungen, es schwankte leise hin und her und sah aus, als wollte es sich aus einer anderen Sphäre herniederneigen, wie ein mystisches Zeichen sich über die Häupter anbetender Menschen neigt. Ich bin ein empfänglicher Mensch, und in dieser Minute, ich gestehe es, war ich beinahe klerikal gesinnt.

Wir drückten uns an den Felsen, um den Zug vorüberzulassen. Es waren junge Konfirmandinnen, auf den Gesichtern die liebe Andacht, in alle dämmernde Güte und alles harmlose Vertrauen der Kindheit sich noch einmal gesammelt zeigt zu einem hohen Festtag der Seele. Ein kurzer Festtag, hinter dem eine graue Reihe von Alltagen schon hervorsieht. Bis auf zwei oder drei, denen ich lieber nichts prophezeien will, werden es ehrbare Familienmütter werden, sagte ich mir. Darauf folgten die Mönche, junge Franziskaner im Haarkranz, alte Kapuziner mit langen Bärten, und endlich noch eine einzelne weibliche Gestalt, in einiger Entfernung von dem hinterdreinziehenden Volk.

Diese Frau verlangte mehr Aufmerksamkeit als die andern. Sie ging in der Tracht der Schulschwestern, die die Herde der jungen Mädchen schützend umringten, doch ärmlicher, also wohl eine dienende Schwester. Der magere, aber große und starkknochige Körper, in dem groben blauen Barchentkleide straff aufgerichtet, wiegte sich mit so unverkennbarer Hoheit, als wären die Füße, statt in breiten Bauernschuhen, auf den spitzen Absätzen der römischen Damen einhergegangen. Ihre Augen sahen groß, schwarz und leer hinweg über die Köpfe der andern. Das breite Gesicht, mit schlaffer gelber Haut unter den Backenknochen, war hart umrissen, der Mund redete von einer erstarrten Leidenschaftlichkeit so ausdrucksvoll, daß mich der Gedanke beunruhigte, um was seine aufgesprungenen, bebenden Lippen beten mochten. Im selben Augenblick ließ sie mich die Hauptursache der eigentümlichen Tragik merken, mit der ihre Erscheinung wirkte. Eine der grauen Haarsträhnen, die unter der ungeheuren weißen Flügelhaube ihr ins Gesicht hingen, war über das Auge geglitten, und sie warf sie mit einem Ruck des Kopfes zurück. Dabei sah ich, daß ihre linke Gesichtshälfte der besonderen, ausdrucksvollen Verzerrung unterlag, die auf der einseitigen Lähmung des Fazialis beruht. Die Illusionsfähigkeit des Menschen bleibt erstaunlich. Ein Muskel funktioniert schlecht oder gar nicht, und wir ahnen die Abgründe einer Seele.

Indes wir den Marsch wieder aufnahmen, fragte ich den Cavaliere Crisostomo:

»Was war das für eine Frau, die große alte?«

Er blieb stehen, traf seine gewohnten Vorbereitungen und sagte:

»Ä. Eine arme Närrin.«

Das letzte Stück der Straße stieg steil bergan, und es wäre grausam gewesen, meinem atemlosen Begleiter weitere Erklärungen abzunötigen. Am Tor nahm man uns den Esel ab, dann wanderten wir mit Behagen durch die Kellerluft eines ewig sonnenlosen Gäßchens, bevor wir den Kommunalplatz betraten, über den sich die Abendschatten lagerten.

Vor dem Café des Sor Pierluigi trafen wir einige Herren, mit denen ich schon am Morgen bekannt geworden war. Der Doktor Pio Vitulli fragte mich höflich:

»Einen Absinth vor dem Essen?«

Ich bat um einen Wermut. Drinnen im Café bemerkte ich durch die schmutzigen Scheiben nichts als Fliegen. Wir blieben draußen und stellten die Füße auf die hohen Querleisten der Stühle; so war man vor den Flöhen, die das Pflaster des Platzes bevölkerten, leidlich sicher. Neben mir, den Rücken an der Mauer, trank der Postverwalter seinen Kräuterlikör. Sein Kinn mit dem prachtvollen Bart hing schon ein wenig schlaff auf das Hemd hernieder, und er bemühte sich angelegentlich, aus dem aufgesprungenen Lederbezug seines Sitzes die Matratze vollends hervorzuziehen. Ich bemerkte ihm:

»Sie tragen zum Ruin des Sor Pierluigi bei.«

Er gab Zeichen plötzlicher Erregung und nahm die Gesellschaft zu Zeugen, daß der jüngste Bankkrach der skandalöseste von allen sei.

»Wo bleibt die Regierung?« rief er aus.

Der ihm gegenübersitzende Apotheker, ein kleines gelbes Männchen, begann sofort zu gestikulieren. Ich meinerseits ermunterte den Cavaliere Crisostomo:

»Sie wollten mir sagen, wer jene Frau sei, die in der Prozession auffiel.«

Der ausgezeichnete Rechtsgelehrte zeigte alle seine Zahnlücken, bemüht, ein feines Verständnis in seiner Miene auszudrücken. Er stieß den Doktor an:

»Unser Freund ist ein Kenner. Er interessiert sich für die Fürstin.«

»Für wen?« rief ich. »Die Fürstin?«

»Man nennt sie die Fürstin«, erklärte mir der zuvorkommende Doktor, »weil sie zu ihrer Zeit – aber das ist an die vierzig Jahre her«, betonte er nachdrücklich – »die Geliebte unseres Fürsten Cesare war.«

Ich kam in Gedanken auf meine früheren Betrachtungen zurück und fragte mich, ob hier etwa der Familienton der Tordisasso wieder anklingen werde.

»Und auch die Geliebte des Kardinals ist sie gewesen«, setzte indessen der Doktor hinzu, wobei er den Apotheker wohlwollend ansah. Dieser machte ein ängstliches Gesicht, und der Cavaliere Chrisostomo flüsterte mir zu:

»Der Kardinal, dessen Parochie seinerzeit Rocca de' Fichi war, gilt den Klerikalen der Kommune noch immer als einer ihrer Heiligen.«

»Wer viel geliebt hat, dem wird viel vergeben«, bemerkte, sich aufraffend, der Apotheker, doch ohne Überzeugung.

»Man nennt sie die Fürstin?« fragte ich nochmals. Doktor Vitulli erklärte:

»Aber ohne unfreundliche Absicht. Man würde ihr den Titel nicht geben, wenn die arme Närrin ihn nicht gern hörte. Die alte Maria genießt die allgemeinen Sympathien. Begraben wir sie, wird die ganze Gegend ihr das Geleit geben.«

»Ah!« rief ich aus. »Wie man in San Gregorio Magno, zur Zeit des großen Julius II., auf einen Leichenstein den Ehrennamen gesetzt hat: Cortigiana Romana.«

»Ah!« so begann nun der Doktor, der in seiner Jugend einige Jahre am Hospital von Santo Spirito Assistent gewesen ist, zu schwärmen: »Ah, die römische Kurtisane der Überlieferung, sie ist im Aussterben begriffen,«

»Wie alle Schönheit der früheren Tage.« Der Cavaliere machte diese poetische Zwischenbemerkung. Auch mich begeisterte der Gegenstand aufrichtig, ich erklärte mich dem Doktor gesinnungsverwandt, ich erläuterte seinen Gedanken.

»Die Rasse! Die Rasse ist die einzige wahre Tugend der Frau. Welch eine Liebe sich damals feiern ließ mit jenen, von den entnervten Enkeln heute zugunsten hergereister Lebedamen vernachlässigten Frauen, den echten Römerinnen von Rom! Die Liebe mit ihnen war stark und kriegerisch wie ihre hohen Brauen, der Helm von schwarzen Haaren über ihrer engen Stirn und die wuchtige Wölbung ihrer Büste. Die Liebe war weich und schmeichlerisch wie ihre mattgoldne flaumige Haut und das Wiegen ihres Ganges, das nicht die Anmut der Schwäche war, sondern daher stammte, daß ihre Hüften breit waren und auf festen Schenkeln ruhten. Und immer war sie einfach, die Liebe solcher Frauen, fern von zerrüttenden Reizungen oder Qualen.«

»Unter dem Vorbehalt«, ergänzte ich, »eines Tages, ganz rasch, einen physischen oder moralischen Dolchstoß zu versetzen.«

Doktor Vitulli, seinerseits erfreut, auf einem so ersprießlichen Gebiete sich mit mir gefunden zu haben, lehnte sich weit über den Tisch und sagte:

»Ihre Worte enthalten eine genaue Beschreibung der Maria Pavoncelli, wie sie in ihrer besten Zeit aussah. Ich selbst war ein halbes Kind, als ich sie damals erblickte, habe auch nur der Szene beigewohnt, die den Höhepunkt von Mariettas abenteuerlichen Schicksalen bildete. Doch hat mein illustrer Lehrer und Freund, der Professor Carfoglio, der schon damals das Vertrauen der päpstlichen Aristokratie genoß, mir des längern von der Sache erzählt.«

Der Cavaliere ächzte an meinem Ohr:

»Ermuntern Sie ihn! Jedesmal, wenn er auf die Sache zu sprechen kommt, weiß er neue Einzelheiten zu berichten.«

»Ah!« sagte ich bloß, während der Doktor scheinbar abwehrte.

»Erwarten Sie keine historische Darstellung. Die Katastrophen in den Palästen der Patrizier oder gar der regierenden Geistlichkeit gingen, so patriarchalisch das Regiment aussah, doch immer wie in unzugänglichen Sphären vor sich. Je leidenschaftlicher das Volk, in Ermangelung anderer öffentlicher Interessen, an den Schicksalen der Herren teilnahm, desto eher ward alles in die Nebel der Legende entrückt.

Marietta war kaum achtzehn Jahre alt, als sie in die Gunst Sr. Eminenz des Kardinals Tordisasso aufgenommen wurde. Sie kam nicht gerade aus den Armen der Mutter, sondern hatte bereits einige unbedeutende Erlebnisse hinter sich, in die große Welt aber, in die Welt der Kenner, wurde sie wirklich erst durch den Kardinal eingeführt.

Die schwarzen Mauern des Palastes Tordisasso am Ripetta-Hafen, mit ihrem hängenden Palmengarten und dem plätschernden Brunnen in der schiefwinklig einspringenden Loggia über dem bemoosten Säulenportal, jetzt sind sie wohl für immer verstummt. Die Gitterfenster werden nie mehr etwas Ähnliches zu verbergen haben wie die Feste, die damals hinter ihnen gefeiert wurden. Der Kardinal war eigentlich der letzte der Patrizier, dem sein Vermögen es noch gestattete, eine der alten Würde eines römischen Fürsten angemessene Hofhaltung zu bewahren. Ganz wie in den großen Zeiten, bevölkerte ein Heer von Klienten, dienenden Edelleuten, Künstlern und Frauen den Palast. Seine Eminenz selbst erschien als die verkörperte Familienüberlieferung. Er hatte den schmalen, feinen, im Alter noch faltenlosen Mund der Tordisasso und trug dicht unter der Nase den kleinen, breit ausgebürsteten Schnurrbart und auf dem energischen Doppelkinn den kurzen weißen Spitzbart, gerade wie sein Ahnherr, der Kardinal Tullio, der vor dreihundert Jahren in die Staatsgeheimnisse Sixtus des Fünften eingeweiht war.

Natürlich mußte die gute Sitte gewahrt bleiben, und Marietta galt öffentlich als die Geliebte des fünfundzwanzigjährigen Fürsten Cesare, der bei seinem Onkel wohnte. Das war gefährlich, denn für den stolzen alten Herrn empfand das Mädchen höchstens Dankbarkeit. Sie war schon damals voll aufgeblüht, Fürst Cesare aber ein blonder, schmächtiger Jüngling, etwas kränklich, und man glaubte nicht, daß er es zu so hohen Jahren bringen werde. Er betete sie an, weil sie die vollkommene Gesundheit und die ruhige Kraft war, sie liebte seine knabenhafte Grazie und sein dünnes, vornehmes Blut.

Der Kardinal besaß den in seiner Stellung besonders schweren Fehler, eifersüchtig zu sein. Seine Eifersucht war nicht die hämische oder wehmütige eines Alten, sondern von stürmischer Wildheit. Wenn ihn seine Leidenschaft befiel, wurde seine Miene so schrecklich, daß von den vielen Spionen, die sich dem Liebespaar gefällig erwiesen, plötzlich nicht einer mehr zur Stelle war, und er überraschte mit Leichtigkeit seinen Neffen in der Gesellschaft Mariettas.

Bei einer besonders schmerzlichen Gelegenheit ließ die Leidenschaft den Kardinal alle Klugheit vergessen. Obwohl es Frühjahr und das Gesellschaftstreiben eben im Wachsen war, verbannte er seinen Neffen hierher nach Rocca de' Fichi und gab den Entschluß kund, seinen eigenen Haushalt für den ganzen Sommer nach Nettuno, in das Kastell über dem Meer, zu verlegen. Marietta sollte dahin abreisen. Seine Befehle waren so gemessen, daß niemand zu widersprechen wagte. Am andern Tage glaubte er sie vollzogen.

Er kam von seiner Abschiedsaudienz im Vatikan, bestieg seine Karosse und fuhr über den Platz, als ihm aus den Kolonnaden, von Porta Angelica her, ein anderer Wagen in den Weg rollte. Die beiden Gefährte hielten einander gegenüber. In dem zweiten saß Maria Pavoncelli, und hinter ihr, im Schatten, meinte der Kardinal seinen Neffen zu bemerken. Er beugte sich hinaus, um seinem berittenen Gefolge Befehle zu erteilen, und seine Miene verhieß nichts Gutes. Da fiel etwas dicht an seinem Gesicht vorüber in den Wagen. Er sah Maria mit der königlichen Gebärde, die sein leidenschaftliches Herz so sehr liebte, an ihre Stirn fassen, und gleich darauf flog ihr Brillantendiadem aus ihrem Wagenfenster in das seinige. Die Spangen und die Ringe folgten, die sie von ihren Armen und Händen streifte, das Kreuz von ihrer Brust, die Schnallen ihrer Schuhe, endlich mit Klappern und Klingen die Schatulle, die vor ihr auf dem Sitz stand. Der Kardinal, kraftlos in die Kissen zurückgesunken, saß inmitten der Kleinodien, die aus dem dunklen Hintergrunde der Karosse hervorfunkelten. Seine Leute entführten ihn im Galopp. Schon hatte ein Haufe staunenden Volks sich angesammelt. Mein illustrer Freund Professor Carfoglio versicherte mir, er habe noch nach Jahren die Bettler auf dem Petersplatz von der Diamantenschlacht des Kardinals Tordisasso reden hören.

Bis zum Abend blieb der Kardinal für jedermann unsichtbar. Nachdem er einige Vertraute zur Berichterstattung vorgelassen hatte, begann er zwei Stunden nach dem Aveläuten eine stürmische Tätigkeit zu entfalten. Einige dreißig seiner Leute, die Seine Eminenz selbst auswählte, wurden bewaffnet, von den Wachtposten, aus den Schenken, wo man sie auftrieb, wurden Sbirren herbeigeschleppt, denen der Kardinal persönlich seine Anordnungen erteilte. Mehrere von ihnen machten sich sofort auf. Als es völlig Nacht geworden war, sahen die verspäteten Kaffeehausbesucher die rote Kalesche des Kardinals, von Bewaffneten umgeben, im Fackelschein durch die Straßen zum Lateran hinaufsausen. Zwei Vorwitzige, die vor den Sbirren nur mit Mühe entkamen, stellten fest, daß der Zug durch das Tor von San Giovanni die Campagna erreichte.«

»Unglaublich!« rief ich aus, und jeder ordnungliebende Bürger würde es ausgerufen haben. »Eine Expedition solcher Art mit Hilfe der vom Staate besoldeten Polizeisoldaten!«

»Mein Vater«, fuhr der Doktor fort, »war zu jener Zeit Verwalter der Villa von Rocca de' Fichi. Er hat das Vertrauen des Fürsten bis an seinen Tod genossen, und ich würde heute in der Stille des Parkschattens sein Nachfolger sein, wenn ich nicht ein mühsames Studium vorgezogen hätte, das mir nichts weiter einträgt, als im Rumpelwagen über heiße Steinwege von einem abgelegenen Gebirgsnest in das andere zu kutschieren. Ich war fünfzehnjährig und schlief in dem kleinen Hängezimmer, über einem der ungeheuren Pfeiler des Parktores. In jener Nacht wurde ich durch ein wirres Geräusch aus dem Schlafe geschreckt und sah eine Menge springender Lichter blutige Schatten auf meine Wände werfen. Ich stürzte ans Fenster, zog mich aber vorsichtig zurück, als ich in die verdächtigen Gesichter von Sbirren blickte. Der Zug verlor sich um die Ecke der Palastmauer. Eilig raffte ich meine Kleider zusammen und stahl mich hinter die Boskette, der Front des Hauses gegenüber. Der kurze Vorgang, den ich von dort aus beobachtete, hat sich meiner Einbildung genau eingeprägt.

Der Kardinal Tordisasso lehnte weit aus dem Fenster seiner Karosse und schien einem vor ihm Stehenden Anweisungen zu geben. Der Mann stieg die Freitreppe hinan. Der Haupteingang befindet sich oberhalb der Freitreppe, ungefähr in der Höhe des halben Stockwerks, im Hintergrund einer weiten Loggia. Gewöhnlich blickte man von unten bis in die Tiefe einer Spiegelgalerie hinein, damals war aber der Eingang mit schweren Torflügeln versperrt, die ich noch am Morgen nicht wahrgenommen hatte. Der Einzug des jungen Fürsten mit seiner Geliebten war von meinem Vater allen Schloßleuten sorgfältig verheimlicht worden.

Der Beauftragte des Kardinals tat mit dem Kolben seiner Pistole einige Stöße gegen das Tor, die ein hallendes Echo weckten in der plötzlich eingetretenen Stille. Keine Antwort erfolgte. Ein Haufe von Leuten drängte, um dem Kardinal ihren Diensteifer zu beweisen, dem ersten nach die Freitreppe hinauf. Da wurden durch die vier runden Ochsenaugen, die sich in der Mauer oberhalb des Einganges befinden, einige Flinten-läufe geschoben. Die zunächst stehenden Sbirren drückten sich eilig gegen die Wand.

Sobald der Kardinal des Vorgangs inne wurde, war er aus der Karosse gesprungen, und ich habe niemals wieder einen Mann so wie ihn, jedes Glied seines Leibes, jeden Muskel seines Gesichts, vor Wut beben gesehen. »Wir werden sehen, ob sie schießen«, rief er mit erstickter Stimme, »ihr aber hütet euch, mir diese Tür unerbrochen zu lassen.« Er wartete den Erfolg der Stöße, den einige Männer mit schnell herbeigeschafften Stämmen und Eisenstangen gegen die festen Planken führten, nicht ab, er wies auf das Lorbeergebüsch, das die weite Nische der runden Treppe ausfüllte, und befahl, vor leidenschaftlicher Ungeduld mit den Füßen stampfend, man solle das Feuer an die Tür legen.

Im nächsten Augenblick war unter den schönen Sträuchern eine heillose Verwüstung angerichtet, doch hatten die Diener nicht Zeit, den Scheiterhaufen aufzubauen, sie wichen zurück, denn die Tür öffnete sich. Maria Pavoncelli trat allein in die Loggia hinaus und schritt langsam bis an die Balustrade vor. Sie trug ein weißes, fließendes Gewand, und ihre Büste glänzte in dem hellen Schein, der rings um sie her flackerte. Die Spiegel-galerie hinter ihr war unbeleuchtet, aber die irren Widerscheine, die das Fackellicht dort erregte, tanzten in der Finsternis um-her. Auf diesem flammenden Hintergrund unterschied man ihr verschlossenes, drohendes Gesicht. Sie machte eine Bewegung über die Balustrade hinweg mit der Hand, sie deutete auf den Kardinal. Ich starrte sie aus meinem Versteck fast mit Grauen an, so schrecklich war ihre Schönheit und so sehr erschien mir ihre Gebärde als diejenige einer königlichen Richterin. Der Eindruck auf meine halb entwickelten Sinne war so stark, daß ich mir lebenslänglich ein endgültiges, unanfechtbares Urteil bloß unter dieser Gebärde vorzustellen vermocht habe, und in meinem Innern führe ich sie aus, und wenn ich mich am Lager eines Sterbenden befinde. Sie sagte nichts, sie stand, und ihre Hand richtete jenen Greis – der stillhielt; und auch die Grup-pen der Männer blieben in der großen Stille, die eintrat, wie versteinert.

Der Kardinal sah mir nicht mehr wie derselbe Mensch aus. In der roten Seide seines Gewandes, die früher im Fackellicht straff erglänzt hatte, lagen jetzt tiefe schwarze Falten, so eingesunken war seine Haltung. Sein Gesicht, vorher tiefrot vor Wut, glich einer Totenmaske. Er sah mit blassen Augen ganz starr auf die Frau, deren Schönheit für ihn wohl wirklich zur Meduse geworden war. Der arme Kardinal! Er hat bei anderer Gelegenheit gezeigt, daß er der Mann dazu war, die Person, deren er habhaft werden wollte, in recht rücksichtsloser Weise zum Mitkommen zu bewegen. Wenn er es diesmal nicht tat, so beweist dies vielleicht, daß Marietta von dem alten leidenschaftlichen Manne tiefer geliebt worden ist, als von irgendeinem andern. Aber so ist das Ende; die alte Maria geht nun umher mit der stillen Verrücktheit, die sie sich in der Gesellschaft eines andern zugezogen hat.«

»Der Kardinal«, rief ich aus, »ist damals wirklich unverrichtetersache heimgekehrt?«

»Er hat kein Wort mehr gesprochen, sondern ist in seinen Wagen gestiegen und zurückgefahren wie er gekommen war. Ich schlich mich zum Parktor und sah den Zug blutiger Lichter, die rote Karosse in ihrer Mitte, durch die Campagna zurückrasen. Der ganze Vorgang hatte kaum fünfzehn Minuten beansprucht. Als ich am nächsten Morgen aufwachte, hielt ich zunächst alles für einen phantastischen Traum.

Der Rest ist mir wieder nur vom Hörensagen bekannt, und niemand kann viel davon wissen. Der Kardinal soll tagelang in seinen Zimmern eingeschlossen geblieben sein, man behauptete, er sei mit dem Kopf gegen die Wände gerannt. Die ihn nachher gesehen haben, sagten, er sei ein gebrochener Mann gewesen. Tatsache ist, daß er außerhalb seiner Repräsentationspflichten keine Festlichkeiten mehr veranstaltete und daß der Palast am Ripettahafen sich schon damals leerte. Übrigens hat der Kardinal die für seinen Stolz so schmachvolle Niederlage nicht lange überlebt. Vor seinem Tode, der ein halbes Jahr darauf erfolgte, soll er sein Unglück und seine Leidenschaft in schwungvollen lateinischen Versen ausgeklagt haben. Einige, die sie gesehen haben wollten, erklärten sie für im höchsten Maße anstößig.«

»Das sind Redereien«, sagte der Apotheker.

Der Doktor hatte seine Erzählung beendet, und wir schwiegen eine Weile. Der Posthalter war auf seinem Sitze eingeschlafen, der Cavaliere Crisostomo ächzte leise vor sich hin, weil er den zweiten Absinth, den er während der langen Rede des Doktors genossen hatte, nicht vertragen konnte.

Was mich selbst anbetrifft, ich dachte an den Kardinal, der aus enttäuschter Leidenschaft den Kopf gegen die Wände rennt, während ich um mich her die friedliche Versammlung betrachtete, die hinter ihren Gläsern gähnte. In ähnlicher Gesellschaft erzählt man noch bisweilen solche Geschichten, vor dem schmierigen Café, auf dem Kommunalplatz eines verfallenen Bergnestes, während in den Tränktrog, der ein schön gemeißelter Sarkophag ist, auf dem Schatten des Domportals wie Silber erglänzend ein Wässerchen rinnt, und das Mondlicht die Lavaquadern des Pflasters für einige Stunden weißwäscht.

*

»Das war der Kardinal Tordisasso. Aber der Fürst Cesare?«

Da Doktor Vitulli ein verlegenes Gesicht machte, nahm ihm der Cavaliere die Antwort ab.

»Der Fürst hat ein Drama hinter sich, genau wie sein Ohm und die meisten seiner Familie. Nur daß die Katastrophe nicht mehr mit ganz so tragischer Leidenschaft hereinbrach, wie dies den alten Herren zu geschehen pflegte. Es lief vielmehr auf eine moderne Art von Verrücktheit hinaus.«

Der Cavaliere fürchtete wohl zuviel gesagt zu haben, denn er suchte seine Mitteilung einzuschränken.

»Übrigens ist aber Seine Exzellenz ein durchaus klarer Kopf, weise und bestimmt bei den Geschäften, die ich mit ihm zu verhandeln habe.«

»So liegt dennoch eine seelische Störung vor?« fragte ich voll Neugier.

»Ä«, machte der Cavaliere. Der Doktor gab, während er sich erhob, leichthin eine Erklärung.

»Es soll etwas wie eine Übertragung psychischer Bilder stattgefunden haben, die infolge des Abhandenkommens der Reduktionskraft zu einer fortgesetzten Illusion geführt hat. Der illustre Carfoglio sagt so. Ich selbst maße mir kein Urteil an, denn bei meinen Bauern ist mir Derartiges noch nie vorgekommen.«

Er sah nach der Uhr und rief aus:

»Nach halb zehn! Meine Frau wird mir eine Szene machen.«

»Es wird Zeit zum Nachtessen zu gehen«, sagten auch die andern, und die Gesellschaft trennte sich unter Komplimenten.

Ich ging mit dem Cavaliere langsam über den Platz. Wie wir uns anschickten, die Treppengasse hinaufzusteigen, blieb er stehen und begann:

»Sie haben nun so viel von unsern Geschichten erfahren, daß man Ihnen ohne Umstände auch das übrige sagen darf. Das alles ist zwar viele Jahre her, aber der Fürst lebt noch, und so sind wir nicht mitteilsam gegen jeden.«

Ich dankte für das bewiesene Vertrauen, und während wir unter häufigem Stehenbleiben und Ächzen zum Hause meines Gastfreundes hinanklommen, erleichterte er sich von dem Rest dessen, was er wußte.

»Fürst Cesare blieb damals mit Marietta Pavoncelli in dem Palast von Rocca de' Fichi. Es war aber nicht das Idyll von Verliebten, die ihr Glück im ländlichen Grün verstecken. Weder er noch sie mochten die gewohnte Hofhaltung entbehren. Die Schar der Gäste, Mitesser und Lustigmacher vermehrte sich sogar noch, als nach sechs Monaten der Kardinal gestorben, der Familienbesitz dem jungen Fürsten zugefallen war. Die damals hinter den Gitterstäben des Tores angestaunten Maskeraden, Balletts und nächtlichen Parkfeste leben als Feenmärchen in den Köpfen unserer alten Weiber fort. Meistens wurden diese Feste von einem jungen Künstler namens Galboni geleitet, der alle Talente gehabt haben soll. Er ist nach der Art solcher Leute infolge eines lockern Lebenswandels verkommen. Der Fürst war versessen darauf, seine Geliebte in allen erdenklichen Haltungen und Kostümen von Galboni malen, in Stein, Silber und Elfenbein abbilden zu lassen. Park und Schloß wimmeln von diesen Kunstwerken.

Nach einem Jahr dieses Lebens liebte sich das Paar scheinbar mehr als je. Und vielleicht nicht nur scheinbar. Aber der Fürst war damals, wie gesagt, recht kränklich, und stellen Sie sich das große starke Mädchen vor. Den Fürsten einmal sich kurze Zeit erholen lassen und einem kräftigen Kerl folgen, war eigentlich gar kein Verrat an ihrer Liebe, sondern nur ein Ausbruch ihres gesunden Temperaments, wegen dessen kein ernsthafter Denker sie verurteilen kann.«

Der Cavaliere blieb stehen und sah mich triumphierend an.

»Kurz und gut«, so fuhr er fort, »eines Nachts war sie mit dem Galboni davongegangen. Und hier liegt die Katastrophe, die eigentlich nur der armen Marietta übel bekommen ist. Denn als sie nach sechs Wochen, wie ein Beobachter voraussehen mußte, zum Fürsten zurückkehrte, kannte er sie nicht mehr.«

»Wie denn?« fragte ich, da ich falsch gehört zu haben glaubte.

»Er kannte sie nicht mehr«, wiederholte mit geheimnisvollem Lächeln der Cavaliere, und er zog die Schultern hoch.

»Heute kann ich Ihnen dies nicht erklären, mein Lieber. Sie würden die Sache nicht glauben, ohne sie mit eignen Augen gesehen zu haben. Wollen Sie morgen früh mit mir einen Spaziergang nach der fürstlichen Villa machen?«

Ich sagte zu und tat noch die Frage an meinen Wirt, als wir schon vor seiner Haustür standen:

»Und daher schreibt sich das Unglück der Maria Pavoncelli?«

»Daher. Denn als es ihr klar wurde, daß sie den Fürsten für immer verloren habe, weil sie keine Macht besaß über den Zustand, in den er durch ihre Schuld verfallen war, da stürzte sie sich ins Wasser. Übrigens tat sie es von derselben Bergstraße aus, auf der sie uns heute begegnet ist. Ein Mönch fischte sie heraus und brachte sie zu den Schulschwestern. Unter der scheußlichen Tracht der frommen Frauen ist ihre Schönheit allmählich eingetrocknet. Sie war ein wenig einfältig geworden, aber ihre kleinen Manien sind ganz harmlos, und sie tut Gutes, soviel sie kann.«

Die Hausfrau erwartete uns schon längst mit dem Nachtessen.

Als wir in der Morgenfrühe von der Höhe der Stadt herabgestiegen waren und dem Bogen der Straße bis zum Eingang der Villa folgten, erklärte mir der Cavaliere:

»Wir dürfen uns nicht sehen lassen. Der Fürst empfängt mich und andere Geschäftsbesuche immer nur nachmittags. Am Morgen läßt er sich in seiner Verrücktheit nicht stören.«

Der Zypressengang führte uns bis an das Tor der Villa, das mir der Cavaliere vertraulich öffnete; darauf hatten wir das Wohnhaus zu umgehen. Die Front des Palastes liegt dem Abhang zugewendet, an dem sich unterhalb der Stadt der Park hinanzieht. Der Freitreppe gerade gegenüber, zwischen den Bosketts, befindet sich das größte Wasserwerk der Villa, dessen weitem Schwung man den Entwurf des Bernini ansieht. Fischer, die Götter scheinen, leeren in der Höhe gewaltige Fässer, in dem kaskadenartig hinabfließenden Wasser schwimmen erschreckte, fischschwänzige Nixen, drunten in dem ungeheuren Bassin von überlebensgroßen Tritonen lüstern erwartet. Das Wasser rinnt nur noch spärlich herab, der grüne nasse Stein ist vielfach beschädigt, das überall in mächtigen Maßstäben angebrachte Wappen der Tordisasso – ein runder Turm auf einem Felsenrand – geborsten.

Wir stiegen neben den Kaskaden einen Treppenweg hinan, auf die erste der weiten Terrassen, in die der Park vollkommen symmetrisch eingeteilt ist. Sie wird von einem langen, dichten Laubengang durchquert. Ihn bilden Ulmenkronen, ineinander verwachsen und sauber gestutzt. Vor dem Eingang des Weges steht ein hübsches Rundtempelchen, getragen von zierlichen Säulen, deren einige abgebrochen sind. Als künstliche Ruine aufgeführt, ist das Gebäude im Laufe von zweihundert Jahren zur wirklichen geworden.

Wie wir die Rundung halb umgangen hatten, hielt ich den Schritt an, denn eine weibliche Gestalt schien eben die Stufen des Tempels herabzusteigen. Sie war in der idealisierten farbenreichen Tracht der Albanerinnen, das weiße Tuch lag anmutig auf ihrem hohen schwarzen Haar. In der leicht erhobenen Hand hielt sie einen Strauß frischer Blumen. Ich betrachtete das Profil und rief, noch immer ungewiß, halblaut aus:

»Maria Pavoncelli!«

»Es ist ein Werk des Galboni«, sagte der Cavaliere.

Wir betraten den Laubengang. Die Bosketts wiesen hier und da Nischen auf, in denen Hermen standen. Mein Begleiter zog mich in das Versteck hinter einer der Bildsäulen und bat mich, zu warten. Ich blickte das noch lange Stück des Weges hinunter. Die Aussicht ward im Halbkreise von einer großen Steinbank abgeschlossen, die mir aus der Entfernung mit Skulpturen überaus reich verziert schien. Ich unterbrach meine Betrachtung, denn aus einem Seitenwege trat ein Mann hervor und ging auf die Bank zu.

»Der Fürst«, raunte mir der Cavaliere ins Ohr.

Der Fürst ließ sich nach einer artigen Verbeugung auf der Bank nieder. Es sah aus, als begänne er, unter vielen komplimentierenden Gebärden, eine Unterhaltung. Ich beugte mich vorsichtig aus unserm Versteck vor und meinte in dem Grün, das eine Ecke der Bank verhängte, ein Frauenkleid schimmern zu sehen. Gerade erhob sich der Fürst – faßte er nicht, sich verneigend, eine Hand? War er nicht jemandem beim Aufstehen behilflich? Aber dann kam er ganz allein den Laubengang herab.

»Die Dame folgt ihm nicht?« fragte ich.

»Sie ist von Stein«, ächzte der Cavaliere mit verhaltener Heiterkeit.

Der Fürst näherte sich unserem Standpunkt. Er war ein etwas schmächtiger alter Herr, im blauen Leibrock, mit kokettem Spitzenhemd. Er bewegte sein Stöckchen mit dem goldnen Knopf beim Sprechen hin und her, blickte hier und da fragend oder zustimmend zur Rechten, und sein welkes, feingeschnittenes Gesicht trug ein geziertes Lächeln.

Er war an uns vorüber, und bevor er zum Palast hinabstieg, blieb er an dem Rundtempelchen stehen, um mit dankender Verbeugung den Strauß aus der Hand der Albanerin zu nehmen. Mein Begleiter führte mich auf versteckten Wegen ihm nach. Drunten blieben wir hinter einem Boskett, der Freitreppe gegenüber, stehen, ungefähr dort, wo der Doktor Vitulli als Knabe den Mißerfolg des Kardinals angesehen haben mochte.

Der Fürst schritt langsam die Freitreppe hinan, droben ward er von zwei steifen alten Lakaien erwartet, die ihm in die Loggia vorangingen und die Tür zur Galerie aufstießen. Der Fürst führte plötzlich eine große Reverenz aus. Ihm gegenüber, aus einem Rahmen von Laubgewinden, trat eine hohe

Frauengestalt hervor, im weißen fließenden Gewand, den Kopf stolz erhoben.

»Dies ist das Meisterwerk des Galboni«, sagte der Cavaliere. »So muß sie in jener Nacht ausgesehen haben.«

Die Tür hatte sich geschlossen, und ich schüttelte plötzlich den Arm meines Begleiters, als wollte ich ihn zu der Erklärung zwingen, daß dies alles Unsinn sei.

»Und diesen künstlichen Stümpereien zu Gefallen hat der Fürst seine lebende Geliebte verleugnet?«

»Ä.«

Der Cavaliere schnappte nach Luft.

»Was soll ich Ihnen sagen? Er konnte schon, solange sie bei ihm war, sich nicht mit genug solcher Nachbildungen umgeben, in seiner Sucht, überall die angebetete Gestalt vor Augen zu haben. Vielleicht hat sich schon damals das Bild, das er in seiner kränklichen, verliebten Seele sich von der Maria machte, auf diese Kunstprodukte übertragen. In der Zeit, als sie ihn verlassen hatte, ist diese Übertragung vollständig geworden, und als sie dann zurückkehrte, kannte er das Original nicht mehr, sondern nur noch seine Abbilder.«

Als er meine ungläubige Miene sah, fügte er noch hinzu:

»Das sind natürlich nur Worte. Aber mehr weiß auch der illustre Carfoglio, auf den sich unser Doktor beruft, nicht von der Sache.«

»Der Fürst ist eigentlich nicht übel daran«, bemerkte ich nachdenklich. »Die wirkliche Maria Pavoncelli ist heute alt, er selbst ist es auch. Die schönen Empfindungen wären alle zum Teufel, wenn nicht seine Narrheit ihm gestattete, noch immerfort, inmitten seines künstlichen Wundergartens, den jugendlichen Liebhaber zu machen.«

»Nicht wahr?« sagte der Cavaliere und gab mir einen vertraulichen Schlag auf den Bauch:

»Wie gut haben es doch die Narren!«